다정한 어른이 된다는 것

다정한 어른이 된다는 것

다정한 어른이 된다는 것

긴 겨울을 지나온 당신에게 건네는 봄의 위로

온벼리 지음

더케이북스

비로소 다정한 어른이 된

그녀가 건네는 한 권의 위로

손수건을 준비하고 읽으라는 작가의 말을 철석같이 믿고, "이 책은 약국에서 팔아도 좋을 것 같다. 공감 능력 제로인 내가 건조한 날씨를 인공눈물 없이 버텼다. 제약회사들이 긴장해야 할 듯하다."라는 추천사를 계획하며 원고를 살폈다.

소설을 쓰는 작가답게 묘사력이 뛰어나 금세 작품에 몰입할 수 있었다. 그. 런. 데. 원고를 읽는 동안 내 눈가는 건조한 상태를 유지했다. 단 한 방울의 눈물도 흐르지 않았다. 책을 읽다가 우는 걸 즐기던 나는 새로운 세상에 발을 디뎠다.

과거와 현재를 오가며 온몸의 털이 쭈뼛 서는 황홀한 경험을 여러 번 했다. 숨어 있던 눈물은 마지막 문장에 찍힌 작은 동그라미를 확인한 뒤에야 모습을 드러냈다. 인간의 힘으로 이길 수 없는 고통에 직면한 사람들은 대개 둘 중 하나를 선택한다. 삶을 포기하거나, 삶에 감사한다. 작가의 큰딸 새봄이는 사회가 만든 시선으로 볼 때 부족함이 있다. 아기 천사가 성장해 홀로 버스를 타기까지, 엄마가 흘린 눈물의 양은 짐작조차 하기 힘들다. 가족은 119 구급차와 응급실 이용이 익숙한 긴 세월을 사랑의 힘으로 견뎠다. 포기에서 순응으로, 원망에서 감사로 이어지는 작가의 삶이 내게 큰 위로가 되었다.

세 권의 책을 쓰기 위해 지난 5년간 기백 권의 에세이를 읽었다. 남은 생에 천 권이 훌쩍 넘는 에세이를 더 접하겠지만, 내 마음속 최고의 작품은 변하지 않을 것이라 예상한다. 편집자의 손을 거치지 않은 날것의 원고를 마주한 나는, 완성된 책으로 이 글을 만날 독자들이 부럽다. 더불어 인생 책에 추천사를 남길 수 있다는 것이 무한한 영광이다.

천국과 지옥을 수시로 오가며 고군분투 중인 대한민국의 모든 부모에게 이 책을 권한다.

―류귀복,《나는 행복을 촬영하는 방사선사입니다》저자

혹독한 겨울을 지나온 심장은 봄이 오면 온기를 가득 품고,
겨울의 한가운데서 발견한 진정한 행복에 대해
말하지 않을 수 없다.

요즘 우리 가족은 특별한 일정이 없는 토요일이면 나무 늘보가 된다. 알람 없이 눈이 떠지는 시간까지 마음껏 늦잠을 자고, 가볍게 늦은 아침을 먹고, 재촉도 참견도 없이 종일 뒹굴거린다. 어느 토요일 식사를 마치고 밥상을 치우는 것조차 귀찮았던 나는 식탁에 그대로 앉아 있었다. 물끄러미 앉아 있자니 눈앞에 펼쳐진 거실 풍경이 마치 한 폭의 그림 같았다. 곱게 자란 거실 곳곳의 푸른 화초들, 아침을 먹고 캣타워에서 늘어지게 잠든 고양이, 새로 산 하얀 디지털 피아노에 앉아 서툰 연주를 들려주는 작은아이와 그 옆에서 노래를 부르는 큰아이, 거실 한가운데 앉아 빨래를 개며 두 딸을 흡족한 미소로 바라보는 남편, 그리고 그 모든 장면을 황금빛으로 물들이는 고운 아침 햇살까지. 너무도 완벽한 평화로움이었다. 어쩌면 나는 이런 소소한 행복을 바라며 그

렇게 열심히 달려왔는지 모른다. 누군가에게는 일상이고 당연한 풍경이겠지만, 우리에게 이 평화로움이 가능하기까지는 많은 아픔과 슬픔의 시간이 필요했다. 아이가 아프고, 장애라는 커다란 산을 극복하기 위해 지나온 시간들은 혹독한 겨울이었다. 그 긴 겨울을 견디고 지나왔기에 이렇게 작은 따스함이 얼마나 귀하고 행복한 것인지 알게 된 것이다.

첫째 아이는 세 살이 되어서야 걷기 시작했다. 모든 발달 속도가 느려 치료를 통해 자극을 줘야 했고, 치료를 받아도 다른 아이들과의 격차는 점점 더 벌어졌다. 온종일 아이만 바라보며 정성을 다했지만 경기(뇌전증 발작)를 시작하고부터는 잠조차 편히 잘 수가 없었다. 지칠 대로 지쳐도 도와줄 사람 하나 없었고, 속내를 털어놓을 사람도 없었다. 이 엄청난 고통을 공감할 수 있는 사람이 주변에 없다고 여겼던 나는 스스로를 깊은 동굴 속에 가뒀다. 매일 빛 없는 터널을 걷는 것만 같았다. 모든 것은 내 잘못이라며 나를 책망했고, 작은 실수마저 용납하지 않았다. 그렇게 나는 병들어 갔다.

누구나 저마다 아픔을 이겨내는 방법이 하나쯤은 있기 마련이다. 그것이 내게는 글쓰기였다. 동굴에서 나오기 위해 글을 쓰기 시작하면서 한 가지 깨달은 것이 있다. 지금 당면한 상황만큼이나 나를 오래 힘들게 했던 것은 다름 아닌 어린 시절의 기억이라는 사실이었다.

나는 작은 섬마을 어부의 딸로 태어나 뱃일 나간 엄마를 대신해 집안일을 하고 동생들을 돌봤다. 어린 나이에 주어진 숙제 같은 삶이 꽤 무겁고 부담스러웠지만, 싫은 내색 한 번 하지 않는 착한 딸이었다. 종일 기다리며 애쓴 열한 살의 마음을 모른 채 엄마는 칭찬 한마디 없이 지나쳤다. 그런 엄마의 뒷모습을 보며 눈물을 삼켰던 순간은 슬픔이라는 이름으로 내 마음속에 선명하게 새겨졌다. 마흔이 되어서야 메워지지 않는 공허함이 어디서 왔는지 알게 되었다.

글쓰기의 시작은 어린 시절 이야기를 소설로 쓰는 것이었다. 그때로 돌아가 아픈 장면들과 마주하는 일은 생각보다 고통스러웠다. 하지만 그럴수록 더 깊이 파고들어 한 줄기의 아픔까지 끄집어내 글로 옮겼다. 그래야만 했다. 내 글쓰기의 첫 번째 목적은 치유였다.

소설을 쓰는 작가는 때로 모든 캐릭터와 동기화되어야 한다. 그렇게 의도치 않게 타인의 입장에서 같은 사건을 달리 바라보는 훈련을 하게 된 것이다. 글쓰기가 거듭될수록 커 보이기만 하던 아픔은 조금씩 작아졌고, 나를 아프게 했던 사람들의 마음을 헤아리고 나니 보이지 않던 것들이 보이기 시작했다. 누군가를 이해하고 용서한다는 것은 결국 나를 해방시키기 위함이었다. 그것을 깨닫는 순간, 빛이 보이기 시작했다.

어린 시절 이야기 말고도 쓰고 싶은 이야기가 많았다. 나의 공허함을 메워 줄 사람을 만나 행복할 줄로만 알았는데, 그 삶 또한 그리 녹록지 않더라는 이야기. 태어나자마자 장애를 얻은 첫째 아이를 키우며 무너져 내렸던 시간들. 아무리 눈물을 흘리고 흘려도 가시지 않는 아픔은 세 권으로도 모자랐다.

마음이 가난하지 않았더라면 나는 글을 쓰지 않았을 것이다. 어릴 적에는 그림 일기를 쓰는 것조차 힘들어했던 내가 어른이 되어서 이렇게 글을 쓰게 될 줄은 나조차 몰랐다. 하고 싶은 말이 많은 사람은 조용할 수 없고, 아픔이 많은 사람은 글을 쓸 수밖에 없는 모양이다.

글쓰기는 지나온 시간을 새로이 보는 법을 알게 했다. 아픔에 가려 보지 못했던 것을 보게 했고, 생각을 전환시켜 깊은 사유를 남겼다. 또한 내 글을 읽고 위로받는 사람들이 생기면서 글쓰기는 나의 이야기로 끝나지 않는다는 것을 알게 되었다.

　이 글은 아픔을 나열하기 위해 쓴 글이 아니다. 그럼에도 불구하고 삶의 모든 순간은 빛나고 있다는 것을 이야기하고 싶은 것이다. 물론 숱한 눈물의 시간과 말로 다 못 할 아픔들이 있었고, 나조차 성숙하지 못했던 순간도 있었다. 하지만 지나온 모든 순간이 언제나 아프기만 한 것은 아니었다.
　아이 이야기를 쓰면서 오래된 앨범을 펼쳐 보았다. 첫 아이가 태어나던 날의 사진과 아이의 짓궂은 표정이 담긴 사진을 보며 지난날을 떠올렸다. 사진 속 젊디젊은 나는 아이를 안고 밝게 웃고 있었다. 그때로 돌아간다면 나는 가장 먼저 나를 안아주고 싶었다. 죄책감으로 스스로를 채찍질하지 않아도 된다고, 충분히 훌륭했고 모든 것을 이겨 낸 너는 지금의 내가 되었다고 말해 주고 싶었다. 그렇게 조금은 더 다정한 마음으로, 미뤄 왔던 위로를 안겨 주고 싶었다.

　첫째 아이에게는 말을 시작하기 전부터 노래를 불러 주고 다양한 음악을 들려주었다. 타고난 것인지 영향을 받은 것인지 모르겠으나 아이는 음감이 뛰어났다. 모든 면에서 뒤처지는 아이에게 남들보다 뛰어난 무언가가 있다는 것은 드넓은 모래밭에서 보석을 발견한 것과 같았다. 그래서 피아노를 가르쳐 보려 했으나 모든 배움에는 협응이 필요하다는 것을 간과했다. 특히 암기와 습득이 어려웠던 아이는 피아노 학원을 오래 다니지 못했다.

그러다 초등학교 6학년 때 교회 선생님의 권유로 작은 독창대회에 도전하게 되었다. 기왕이면 잘하기를 바랐지만 감히 상장을 넘볼 욕심은 없었다. 노력하는 모든 행위와 거리가 멀었던 아이를 붙들고 최선의 열정을 쏟아부었다. 아이는 그런 엄마를 많이 힘들어했지만 이번 한 번만 해 보자며 다독였다. 동기 부여를 위해 선물을 약속하자 아이는 연습을 어려워하면서도 선물이라는 사탕발림에 눈물을 꾹 참았다.

심사위원 앞에 선 아이를 맞은편에서 지켜볼 수 있었다. 긴장이 역력한 아이는 눈 둘 곳을 찾지 못하고 두리번거리다 앞에 서 있는 엄마를 발견하고 시선을 고정했다. '잘됐다' 싶었다. 노래가 시작되자 아이와 눈을 맞추며 소리 없이 함께 따라 불렀다. 흐름에 맞춰 고개를 까딱이기도 하고, 눈빛으로 말을 대신했다. 손가락으로 강약과 맺음을 표현해 주었다. 아이는 나의 동작 하나하나를 놓치지 않고 끝까지 따라가며 열심히 노래를 불렀다. 노래가 끝으로 향해 갈수록 왠지 모를 벅찬 감동에 눈물이 차올랐다.

자신감이 부족했던 아이는 엄마에게 의지하고 싶었겠지만, 살면서 아이가 나에게 이렇게 온전히 집중했던 순간이 있었던가. 3분도 안 되는 짧은 시간 동안 우리는 세상에 단 둘뿐이었다. 시름도 아픔도 없이 노래를 부르는 엄마와 딸, 오직 단둘. 나는 아직도 그 순간의 먹먹한 감동을 잊을 수 없다. 결과야 어떻든 최선을 다했으니 그것으로 충분했다.

그런데 놀라운 결과가 발표됐다. 금상을 탄 것이다. 여러 교회에서 모였어도 참가자가 많지 않았으니 작은 대회나 마찬가지였지만, 장애가 있는 아이가 다른 아이들을 제치고 금상을 차지했다는 것은 눈물 나게 감격스러운 일이었다. '너도 잘하는 것이 있구나.'라며 인정받는 순간이었고, '열심히 노력하면 너도 할 수 있다.'는 용기를 선물받는 순간이었다.

아이는 노래를 부를 때 가장 빛난다. 어쩌면 소소하게 빛났던 순간들이 더 있었을 텐데 남들보다 느리다는 이유로 칭찬받아 마땅한 일들을 당연하게 여겼던 것은 아닐까. 새로운 무언가를 결국 해내고야 말았던 많은 기쁨의 순간들을, 아파하느라 놓쳤는지 모른다.

사람의 평균 수명으로 본다면 나는 중간쯤에 접어들었을
까? 어쩌면 지나온 길보다 가야 할 길이 더 멀지도 모른다.
장애를 지닌 아이를 키운다는 것은 끝나지 않을 고통과의
동행이니 앞으로 또 어떤 아픔과 맞닥뜨릴지 알 수 없다. 하
지만 이제는 힘든 일이 생기더라도 예전처럼 나를 동굴 속
에 홀로 두지 않을 것이다. 죽을 것만 같았던 순간들도 지나
고 보니 말로 다 표현할 수 없는 기쁨과 감사의 열매가 있었
다. 모든 일에는 다 이유가 있는 것이다. 당장은 이해되지 않
더라도 시간이 흐르면 문득 깨달아지는 날이 오고야 만다.

우리는 모두 힘겨움을 붙들고 살아간다. 무게만 다를 뿐
모든 부모는 아이를 키우며 수많은 어려움을 겪는다. 남의
아픔은 별거 아니라고 함부로 말하거나 감사하며 살라고 종
용하려는 것이 아니다. 아무리 남의 아픔이 커도 자신의 아
픔만큼 클 수는 없는 법이다. 그럼에도 불구하고 나의 아픔
을 꺼내 보이는 이유는 자신의 아픔에서 한 발짝 빠져나올
수 있기를 바라는 마음에서다.

나는 힘든 시기를 홀로 견뎠다. 그 과정에서 포기하고 싶
은 순간들과 수없이 마주했고, 그때 내 말을 들어줄 한 사람
이 간절했다. 이제 나는 그 한 사람이 되어 줄 수 있다. 힘내

라는 어설픈 위로보다 넘어져 있을 때 곁을 지켜주고 싶고, 어둠을 걷는 좌절의 순간에 작은 빛이 되어 주고 싶다. 그렇게 나의 글이 누군가에게 친구가 되어 주기를 바란다.

이 글은 나의 이야기지만 또 다른 누군가의 이야기일 것이다. 그 주인공에게 위로의 말을 건네고 싶다.

"괜찮아요. 그동안 잘해왔잖아요. 넘어지면 어때요. 당장 아무것도 하지 못한다 해도 괜찮고, 나약한 자신이 바보같이 느껴지는 순간이 온다 해도 괜찮아요. 때로는 견디는 것만으로 충분한 순간도 있는 거예요. 내가 아니면 안 될 것처럼 힘겹게 붙들지 말아요. 완벽하지 않아도 돼요. 그저 지금 이 순간을 소중하게 여기면 돼요."

아픔을 지나왔을 누군가와 지금도 아픔 한가운데 있을 누군가를 생각하며, 봄의 온기를 가득 품은 심장으로 위로의 문장을 담아 빛을 밝혀 본다.

목차 •••••

1장. 여름

한여름의 숨 가쁨 속에서, 우리는 사랑의 이름을 처음 배운다

———

4장. 봄

새순이 돋듯, 우리는 서로를 다시 처음처럼 부른다

———

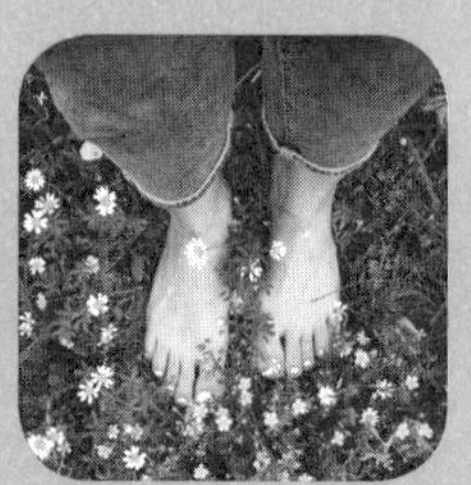

1장

여름

한여름의 숨 가쁨 속에서,
우리는 사랑의 이름을 처음 배운다

다정한 어른이 된다는 것은

괜찮지 않은 날에도 스스로를 몰아붙이지 않고,

견디는 것만으로 충분했던 순간들을 인정해주는 태도다.

그날이
다 가고 나면

———

바다의 아침이 찬란한 은빛 눈부심으로 물들면
후끈한 남동풍에 실려 온 숭어 떼는 푸른 살 차오르고
흙이 품은 감자는 옹골지게 여물었다

뱃일 나간 엄마를 그리던 밤
별을 따다 왼쪽 주머니에 넣고
조약돌 주워 오른쪽 주머니에 넣고
밤새 소곤소곤 만지작거렸다

온 천지가 푸르름이고 꽃인데
나만 시리고 나만 외로웠을까
나만 땡볕이라 애달팠을까

짭조름한 바람에 엄마의 주름은 더 깊게 패고

지독한 더위에 소녀는 어른이 되었다

엄마가 되어서야 엄마의 서러움에 닿았고

딸을 낳고 나서야 엄마의 외로움을 가슴으로 알았다

새싹이 돋아나길래 봄인 줄 알았더니

온통 온기로 가득하길래 다시 봄인 줄 알았더니

매섭게 불어닥친 폭풍에 갓 피어난 가지가 꺾였다

뜨겁고 치열했던 날이 가고 나면

애달팠던 날이 가고 나면

우리 함께 일어서자

기필코 꽃으로 피어나자

—

1988년 여름, 나는 열한 살이었다. 선착장에서 뱃일 나간 엄마와 아빠를 기다릴 때면 후끈한 바람에도 마음은 시렸고, 잔잔한 파도 소리마저 쓸쓸하게 들렸다. 섬마을 아이들에게 여름 바다는 숭어를 낚고 더위를 식힐 놀이터였다. 하지만 수영도 할 줄 모르는 나는 그저 짙푸른 바다가 두렵기만 했다. 나는 그런 바다로 나간 엄마를 매일 기다렸다.

도시락도 급식도 없던 초등학교의 점심시간. 아이들은 집으로 달려가 엄마가 차려준 따뜻한 밥을 먹고 운동장에서 놀고 있을 때 나는 놀러 나간 남동생을 찾아와 두 동생을 앉혀두고 먹다 남은 찬밥을 볶아 먹였다. 학교가 끝나면 숙제를 마치고, 물에 불려두었던 그릇을 설거지했다. 엄마는 또 늦을 모양이었다. 안방과 마루를 쓸고, 그날은 특별히 마당까지 쓸었다. 칭찬받고 싶었다. "우리 둘째 딸 잘했네, 이리와 봐라." 그 한마디가 그렇게 듣고 싶었다.

발갛게 서쪽 하늘에 해가 저물면 물에 젖어 질퍽거리는 장화 소리, 묵직한 리어카 바퀴가 자갈 위를 구르는 소리가 들려왔다. 드디어 엄마가 돌아온 것이다. 두 동생이 먼저 뛰어가 엄마 품에 안겼다. 나는 한 걸음 뒤에서 그 모습을 바라봤다. 나도 안기고 싶었지만, 엄마 품은 이미 두 동생만으로도 꽉 차 보였다. 그래도 혹시나 하는 마음으로 기다렸건만, 엄마는 나를 부르지 않았다. 엄마는 내가 얼마나 걱정하며 기다렸는지, 얼마나 열심히 마당을 쓸었는지 알 리 없었다. '이리 오라'는 말도, 칭찬 한마디도 없이 그냥 지나치는 엄마의 뒷모습을 우두커니 바라보다 또르르 눈물이 흘렀다. 사랑받고 싶었지만 안아달라는 말조차 할 줄 몰랐던 어린 시절이었다.

시간은 어느덧 흘러 나도 엄마가 되었다. 장애를 가진 아이를 20년 넘게 키우며 지나온 날들을 돌아보면, 셀 수 없이 많은 굴곡들이 스쳐간다. 아이가 병원에 실려가던 날부터 시작된 고통은 멈출 줄 몰랐다. 죽고 싶을 만큼 힘든 순간의 연속이었다. 남편에게 기대고 싶었지만 그도 지쳐 있었다. 우리는 참 많이도 싸웠다. 나는 하늘을 원망했다. '왜 하필 내게 이런 시련을 준 것인지, 왜 하필 이 사람이어야 했는지' 묻고 싶었다. 결혼도, 육아도 뜻대로 되지 않는 내 삶에 대해 답을 얻고 싶었지만, 어디에서도 답을 얻지 못했다. 그러다 결국 나 자신에게 질문을 던지기 시작했다. '나는 왜 이렇게 힘든 걸까? 왜 나에게만 이런 시련들이 오는 걸까⋯.'

누구에게나 삶의 계절은 온다. 여름이 지나면 겨울이 오고, 다시금 봄이 온다. 관계도 마찬가지다. 누군가를 만나 사랑하고, 그로 인해 상처받고, 용서하고, 또다시 사랑한다. 그들이 우리를 울고 웃게 만든다. 나 또한 그랬다. 어릴 적 나를 울게 했던 엄마, 성숙하지 못했던 남편, 많은 것을 잃은 내 아이. 모두가 내 삶에 흔적을 남겼고, 상처가 지나간 자리에는 언제나 '왜?'라는 질문이 남았다.

엄마만큼 나이를 먹고, 아이를 키우며 혹독한 겨울을 지나온 지금에서야 비로소 보이지 않던 것들이 보이기 시작했다. 그들이 내게로 오고, 엄마의 아픔을 겪어 보고 나서야 그 아픔이 보이기 시작했다. 엄마는 그날 내 마음을 몰랐던 것이 아니었다. 지쳐 안아줄 힘조차 없었던 것이다. 뱃멀미까지 하는 사람이 종일 바다와 씨름하느라 얼마나 지치고 힘들었을까. 무거운 몸을 바닥에 눕히고 싶은 마음뿐이었을 것이다. 이제야 나는 그런 엄마를 이해할 수 있게 되었다. 다시 시간을 그때로 돌린다면 조금은 덜 슬퍼할 수도 있을 것 같다. 아니, 어쩌면 부르길 기다리지 않고 먼저 다가가 안길 수 있을지도 모른다.

지금 나는 인생이라는 배를 타고 바다를 항해 중이다. 풍랑이 닥치면 멀미가 나고 견디기 힘들어진다. 가끔 방향을 잃고 헤맬 때면 '내가 왜 이 배를 탔는가' 후회하며 뛰어내리고 싶어질 때도 있다. 그러다 어느 순간부터는 엄마를 떠올리기 시작했다. 순탄치 않았던 엄마의 인생도 수없이 흔들렸겠지. '포기하고 싶었던 순간이 얼마나 많았을까.' 그래, 나도 포기하지 말아야지. 나보다 힘들었을 엄마를 생각하며 괜찮다고 다독여본다. 그리고 다시 일어나 배의 방향타를 힘껏 쥔다.

관계란 그런 게 아닐까. 삶을 붙들기도 하고, 앞으로 나아가게 하기도 하는 것. 질문을 던지게도 하고, 답을 깨닫게 만들기도 하는 것.

당장은 이해할 수 없다고 해도 시간이 흐르면 알게 되는 순간이 온다. '왜 그 순간, 하필 그 사람이 내게 왔을까?' '나는 왜 거기에 있었을까?' '또 나는 왜 누군가의 자식으로 태어나 누군가의 부모가 되어야 했을까?' 이 모든 것에는 이유가 있다는 것을 깨닫게 된다. 그냥 오는 여름은 없듯이, 어떤 만남은 지나고 나서야 이유가 된다.

그렇게 사람은, 사람을 통해 조금씩 영글어가나 보다.

사람을 살리는
가장 오래된 힘

———

어릴 적 사랑받지 못한 기억은 가슴에 오래 남는다. 온전히 사랑받고 단단히 채워졌어야 할 시기에 눈치를 보며 성장한 사람은, 어른이 되어서도 채우지 못한 마음 한구석을 채워줄 누군가를 찾아 헤매게 된다. 아니, 오히려 어른이 된다는 말이 우리를 덜 외롭게 해주는 건 아님을 더 명확히 알게 된 것 같다. 감춰두었던 공허함은 오히려 더 선명해지고, 서툰 마음은 더 깊은 자리에서 우리를 흔든다.

스물여섯의 어느 여름밤, 시화방조제 공원에 혼자 앉아 우두커니 밤바다를 바라보고 있었다. 가슴이 답답해지니 바다가 보고 싶었다. 어린 시절 그렇게 벗어나고 싶었던 바다였건만. 마음이 복잡해지니 다시 바다를 찾는 나를 이해할 수 없었다. 하지만 바다 앞에 서면 거대하게만 느껴지던 나의 고민은 어느새 작아졌고, 답답하기만 하던 마음도 조금 씩 풀리는 듯했다.

마음이 시원해질 때까지 앉아 있었다. 한참을 파도 소리에 취해 있다 문득 같이 온 남자가 생각났다. 두리번거리다 멀찍이 누워 있는 그를 발견했다. 그는 눈을 감고 있었다. 나는 아무 말 없이 그를 내려다보며 생각했다. '이 남자는 왜 나를 기다리고 있지? 왜 아무것도 묻지 않지?'

그는 얼마 전 취업한 건축회사 사무실의 직속 상사였다. 면접관이었고 나를 합격시킨 사람이었다. 첫 출근 날 회사에 들어서자마자 그와 눈이 마주쳤다. 노랗게 탈색했던 머리는 검게 염색했고, 긴 머리는 짧게 잘랐다. 면접 때와는 사뭇 다른 나의 모습에 그는 잠시 멈칫하는가 싶더니 눈을 동그랗게 뜬 채 몇 초간 나를 주시하며 아무 말이 없었다. 그날 이후 그는 뭔가 하고 싶은 말이 있는 듯 자꾸 머뭇거렸다. 그러던 어느 날 불쑥 "같이 야근할래요?"라고 물었다. 내가 대답이 없자 멋쩍은 듯 "저녁값도 아끼고… 그냥, 혼자 야근하기 싫어서 그래요."라는 말을 덧붙였다. 사실 나도 그다지 집에 가고 싶은 마음은 아니었기에 오래 생각하지 않고 대답했다. "그래요. 같이 야근해요." 그러자 그가 말했다. "그러면… 지하철 타고 가기 힘들 텐데 제 차 타고 같이 퇴근하실래요? 가는 길이니까 집 앞에 내려주고 갈게요.”

그날 이후 우리는 이상한 리듬을 타기 시작했다. 조용히 마주 앉아 저녁을 먹고, 남들 다 퇴근한 텅 빈 사무실에 남아 야근을 하고, 그가 가방을 챙겨 들면 나도 따라 가방을 챙기고, 그가 차를 타면 나는 그의 옆자리로 가 앉았다. 밥 먹을 때도 운전할 때도 그는 말이 없었다. 나 또한 굳이 침묵을 깨고 싶지 않았다. 별다른 대화가 오가지 않아도 부담스럽지 않았기 때문이다. 그는 무심한 듯 따뜻했고 서툴지만 솔직했다. 그가 지키는 적당한 거리는 마음을 편하게 했고 둘만의 반복된 일상은 이상한 안정감을 주었다.

당시 나는 한 사람을 믿은 대가를 혹독히 치르는 중이었다. 그로 인해 신용불량자가 되었고 그의 잘못을 온전히 감당해야 하는 현실에 무너져 내리는 중이었다. 어느 날 퇴근길은 유난히 가슴이 답답했다. 그러다 나도 모르게 “아… 바다가 보고 싶다.”라는 말을 입 밖으로 툭 뱉었고, 그 말을 들은 그는 가까운 시화방조제로 차를 돌렸다.

혼자 있고 싶다는 말에 그는 아무런 대꾸 없이 자리를 비켜주었다. 한참 바다만 보며 멍하니 앉아 있었다. 한 시간쯤 앉아 마음을 비우고 나니 기다리는 사람이 있다는 사실이 떠올랐다. 그는 잔디밭 옆 커다란 바위에 팔베개를 하고 눈을 감은 채 누워 있었다. 살갗을 스치는 바닷바람이 제법 찬데도 잠이 든 것이다. 가만히 다가가 그의 얼굴을 내려다보며 생각했다. '누가 뭐라 해도 매번 내 편이 되어주는 남자. 가까운 자기 집 가는 길을 두고 일부러 먼길을 돌아 나를 태워다 주고 퇴근하는 남자. 바다라는 말 한마디에 바다로 차를 몰고, 기다리다 이렇게 잠들어 버린 이 남자. 이 남자, 나를 정말 좋아하는구나.'

태풍으로 비가 어마어마하게 쏟아지던 밤, 골목에 차를 세우게 하고 그에게 말했다. "당신이 나를 좋아하는 거 다 알아요. 그런데 나는 전 남자 친구와 아직 연락해요. 그가 남긴 빚이 있거든요. 나는 복잡한 사람이에요." 애써 감춰왔던 아픔이었다. 들키고 싶지 않았지만 곁을 맴도는 그를 밀어 내야만 할 것 같았다. 쏟아지는 빗줄기처럼 내 마음도 하염없이 흘러내리고 있었다. 그런데 가만히 듣고만 있던 그가 말했다. "그래도 나는 당신이 좋아요. 나랑 사귈래요?"

그는 나의 조건을 따지지 않았다. 있는 그대로의 나를 받아들였다. 내 어려운 고백을 듣고도 묵묵히 곁을 지켰고, 여전히 조용하고 따뜻했다. 우린 연애를 시작했고 2년 뒤 결혼

했다.

나의 공허함을 채워준 것은 그의 따뜻한 말과 누구보다 먼저 나를 챙겨 주는 손길이었다. 나를 소중히 여기는 한 사람만으로도 나는 귀한 사람이 될 수 있었다. 그의 사소한 칭찬은 나를 할 줄 아는 것이 많은 사람으로 만들었고, 그의 절대적인 지지는 나를 열정이 넘치는 사람으로 살게 했다. 나는 점점 용감해졌고 나를 나로 인정하기 시작했다.

사람은 사랑 때문에 상처받고 무너진다. 그러나 다시 일어나는 힘 또한 사랑에서 온다. 사랑은 아픔을 지워버리지는 않지만, 그 위에 새로운 숨을 얹어준다. 굳게 닫혔던 마음을 조금씩 열어주고, 다시 세상을 바라보게 한다. 아무것도 할 수 없을 것 같던 날에도, 무언가 해보고 싶게 만드는 힘. 사랑은 그렇게 사람을 움직이고, 사람답게 살게 한다.

어쩌면 어른이 된다는 것은, 상처를 두려워하면서도 다시 사랑을 선택하는 일인지도 모른다.

사랑, 그것은 결국 사람을 살리는 가장 오래된 힘이다.

어쩌면 어른이 된다는 것은

상처를 알면서도

다시 사랑을 선택하는 일이다.

네가 오려고
그랬나 보다

———

남편의 고교 동창생 A는 기를 느끼고 사주를 볼 줄 아는 사람이지만 역술인은 아니다. 남편은 A를 유난스러울 정도로 좋아했고 어려운 일이 생길 때마다 조언을 구했다. 어릴 적부터 교회에 다녔던 나는 종교를 물으면 그리스도인이라 대답했지만, 사실은 점을 보고 오늘의 운세까지 챙겨보는 짝퉁 그리스도인이었다. A는 우리가 전생에 장군과 기생이었다고 말했다. 남편의 기개와 나의 다재다능함을 칭찬하고 싶었던 것인지는 모르겠으나 어쨌든 우리 부부는 그의 말 한마디에 졸지에 장군과 기생 커플이 되었다. A의 말은 알게 모르게 우리에게 영향을 미쳤고, 결국 인생을 바꾸는 일로까지 이어졌다.

결혼식을 올린 지 얼마 되지 않았을 때였다. 남편과 술을 몇 잔 걸친 A는 남편이 자리를 비운 사이 내게 이런 말을 했다. "빨리 애부터 가지세요. 둘은 워낙 기가 세서 빨리 애를 갖지 않으면 이혼을 하게 될 겁니다." 아무리 남편이 믿고 의지하는 친구라지만 이제 막 결혼한 새 신부에게 이혼이라니. 더군다나 친구도 아닌 나에게 왜 자꾸 조언하는지 알 수 없었다. 그가 가고 며칠이 지났다. 집안 어느 구석에 숨어 있던 그의 말이 불쑥 나타나 내 머릿속을 휘젓고 사라졌다. "미친놈. 우리가 이혼한다고?"

애써 무시하려 했으나 시간이 갈수록 그의 말은 더 자주 찾아왔고, 결국 점령당한 나는 그 '미친놈'의 말에 빠져들 수밖에 없었다. 하필 그때는 남편과 조금씩 다툼이 시작되던 시기였기에 그의 말을 더욱 무시할 수 없었다. 영원할 것만 같았던 남편의 콩깍지는 만난 지 3년이 되어 서서히 벗겨지고 있었고, 나 또한 진작부터 그의 단점을 지적하며 둘의 다툼이 늘고 있었다. 그러니 A가 던진 돌멩이의 파장은 점점 커질 수밖에.

남편은 아직 아이를 가질 시기가 아니라고 말했고 아무리 따져 보아도 남편의 말이 옳았다. 사실 남편은 A의 말을 믿고 싶은 것만 믿고 기억하고 싶은 것만 기억했다. A가 남편이 아닌 내게 조언을 한 것도 그런 이유에서일 것이다. 나도 그의 말을 믿고 싶지 않았으나 이혼이라는 말은 목에 걸린 생선 가시처럼 빠지지도 내려가지도 않았다. 버릴 수도 없고 가질 수도 없었으니 반은 믿고 반은 믿지 않는 어정쩡한 상태를 유지했고, 그 바람에 덜컥 아이가 생기고 말았다.

그렇게 어쩌다 보니 계획에도 없던 아이가 생겼다. 막상 아이가 생기고 나니 한 번도 경험해 보지 못한 부모의 무게가 두려움으로 다가왔다. 나도 아직 어른이 덜된 것만 같은데 그런 내가 과연 좋은 부모가 될 수 있을지 알 수 없었다. 두려움의 시간은 생각보다 짧았다. 입덧이 시작된 것이다. 새 생명의 엄청난 존재감으로 몸이 힘겨웠으니, 마음은 둘째 치고 몸부터 살아야 했다. 아침에 눈을 뜨자마자 시작된 구토로 종일 밥 한 숟가락도 삼키지 못했다. 아래층 식당에서 끓여대는 육수 냄새가 역겨워 한여름에도 창문을 꽁꽁 닫고 선풍기 하나로 더위를 견뎠다. 엄마는 내가 뱃속에 있을 때 9개월 동안 입덧을 했다는데 그 긴 시간을 도대체 어떻게 견딘 것일까. 힘겹던 시간이 어찌어찌 지나고 점점 태동이 크게 느껴지기 시작했다. 아이가 뱃속에서 꼬물거리며 발길질을 할 때면 내 안에 정말 생명이 자라고 있다는 사실에 감탄하지 않을 수 없었다. 누군가 인생에서 가장 행복했던 순간을 꼽아보라면 나는 아마도 작은 발바닥이 선명하게 찍혀 놀랍고 신비로웠던 그 순간을 떠올릴 것이다.

아이가 생긴다는 것은 단순히 생명이 태어난다는 의미를 넘어선 또 다른 변화의 시작이었다. 남자와 여자가 결혼을 하면 너와 나는 우리가 되고, 아이가 태어나면 또 다른 우리가 된다. 아이라는 또 하나의 우주를 만나 세계가 더욱 확장되는 것이다. 새 생명의 존재로 인해 시들해져 가던 우리 부부의 관계에도 새로운 바람이 불기 시작했다. 평소에는 듣지 않던 클래식을 듣고, 태어나 처음으로 육아 서적을 읽었다. 남편은 좋아하는 술자리를 거부하고 일찍 퇴근했고, 내 배 위에 손을 얹고 세상에서 가장 부드러운 목소리로 아이에게 책을 읽어주었다. 아이의 존재가 그렇게 우리 부부의 인생에 새로운 의미를 부여하고 있었다.

사실 이후로 우리 부부는 수없이 많은 이혼의 위기를 겪었다. 그때마다 우리를 결국 되돌리게 한 것은 아이들이었다. 정말 A의 말이 현실이 된 것만 같았다. 하지만 지금 와서 생각해보면 서로 다른 남녀가 만나 살면서 이혼 위기를 겪는 것은 우리만 겪는 특별한 일은 아니었다. 결혼 후 2~3년이 지나면 서로에 대한 애정은 시들해지고, 다툼까지 늘면서 이혼 위기는 생길 수밖에 없다. 그걸 미리 알았더라면 그리 호들갑을 떨 필요도 없었을 것을. 결국 A의 조언은 여름에 물 조심하고 겨울에 불 조심하라는 말과 다를 게 없었다.

그런데 그렇게 생긴 아이가 아프게 되면서 나의 선택이 결코 웃어넘길 수 없는 현실이 되고야 말았다. 아이가 아픈 것은 모두 내 탓인 것만 같았다. 힘겨운 순간을 지날 때마다 시간을 되돌리고 싶었다. 어디서부터 잘못된 것인지 알 수 없었고 모든 선택을 후회했다. 그때 A의 말에 휘둘리지 않았더라면 아이는 늦게 태어났을 것이고, 그랬더라면 아프지도 않았을 것이고 이렇게 오랫동안 힘들지도 않았을 것이다.

원망은 밀려오는데 탈출구를 찾지 못할 때면 과거로 돌아가 새로운 선택을 하는 엉뚱한 상상으로 마음을 달랬다. 미래의 일을 모르고 간다면 당연히 같은 선택을 하게 되겠지만, 알고 간다면 다른 선택을 해보고 싶었다. 후회스러웠던 모든 순간을 되돌리고 싶었다. 그렇게만 할 수 있다면 이 모든 아픔도 온데간데없이 눈 녹듯 사라질 것만 같았다. 그러다 문득 선택이 달라지면 우리 아이들이 내게 오지 않았을 수도 있겠다는 생각이 들었다. 어쩌면 전혀 다른 아이가 내 곁에 있을지도 모른다는 생각이 거침없던 상상에 브레이크를 걸었다. 눈물이 왈칵 쏟아졌다. 아픔에서 벗어날 수 있다는 기쁨보다 아이들을 다시는 볼 수 없게 될 거라는 슬픔이 더 컸다. '20년을 함께 울고 웃었던 아이가 그 순간 내게 손을 내민다면 과연 나는 그 손을 뿌리칠 수 있을까?' 수없이 되물었다. 정말 아이의 손을 뿌리칠 수 있느냐고. 아무리 질문을 해도 답은 결국 하나였다. "아니야, 나는 결국 아이의 손을 잡게 될 거야."

삶은 뜻대로 흘러가지 않았다. 절대 일어나지 말았어야 할 일들이 겹쳐왔고, 경고처럼 들렸던 말들도 있었다. 그러나 이젠 아이를 보며 말할 수 있다.

"네가 오려고 그랬나 보다."라고.

그렇게밖에 설명할 수 없는 시간들이 있다. 이해되지 않아도, 되돌릴 수 없어도, 결국 받아들이게 되는 삶의 흐름. 나는 이제 묻지 않으려 한다. 왜였는지, 누구의 탓이었는지 따지기보다, 지금 내 앞에 와 있는 생명의 존재를 바라본다.

내게 와야 했기에 왔고, 내가 감당해야 했기에 내 품에 안긴 생명. 그렇다면 지금 내가 해야 할 일은 하나뿐일 것이다. 지나간 선택을 탓하는 대신, 그 존재를 온전히 끌어안는 일.

아픔도 기쁨도, 후회도 감사도 모두 포함한 채,

나는 오늘도 너를 안는다.

삶을 다시 선택할 수 있다 해도

나는 결국

네가 있는 오늘로 돌아올 것이다.

안녕,
내가 네 엄마란다

———

예정일이 지나도 소식이 없는 아기는

벌써 3.4kg

유도분만으로 온몸을 죄어오는 산통만 열 시간째

호흡이 중요하다는데

숨은 깔딱 고개를 넘어간다

수술실로 가는 길

남편의 통곡소리가 점점 멀어진다

열을 다 세지도 못하고 잠들었는데

갑자기 들려오는 말소리

"축구 어떻게 됐어요?"

"2:0으로 우리가 이겼어요."

"와! 진짜? 내 그럴 줄 알았어. 한일전을 못 봐서 아쉽네."

꿈인지 생시인지

수술실은 승리한 축구 소식으로 훈훈했고

나는 다시 깊이 잠들었다

"산모님, 눈 떠 보세요."

"…."

"마취가 덜 풀려서 몽롱할 거예요."

"…."

"속이 안 좋으시면 말씀하세요."

"토할 것 같아요."

아직 눈앞이 빙빙 도는데

그녀가 아기를 품에 안겨주었다

이 아기가 내 아기라고?

낯설다

충격적인 사실은

너무 못생겼다는 점이었다

그래도 아가야, 만나서 반가워

안녕, 내가 네 엄마란다

신생아 면회실 창문 커튼이 열리면

옆으로 길게 늘어서서 번데기들을 관찰했다

눈은 엄마를 닮았고, 코는 아빠를 닮았나?

입술은 딱 엄마 입술인데,

두상은 아빠를 닮은 것 같기도 하고

그럼 대체 누굴 닮은 걸까?

옆에 있던 남자가 우리 아기를 가리키며 말했다

"쟤 봐! 눈을 감고 있어도 저렇게 옆으로 길면 눈이 크다
는 거야."

"그렇네. 우리 아기는 짧은데?"

"나 닮았나?"

하나같이 궁금해했고

하나같이 해 같은 미소를 지었다

못생긴 줄로만 알았는데 볼수록 천사가 따로 없다

빽빽 울어도 사랑스럽고 잠만 자도 귀엽다

조심스레 눈썹을 쓸어보고

작디작은 콧구멍도 들여다보았다

꽉 쥔 손가락을 하나하나 펴보고

꼬물대는 발가락도 만져보았다

작은 몸으로 온 우주를 품은 것이

어쩜 이리도 신비로운지

10개월 만의 상봉인데 면회시간은 왜 이리 짧은지

아가야, 빨리 집으로 가자

예쁜 꼬까옷 갈아입고

곰돌이 딸랑이도 흔들어 보자

직접 만든 인형도 보여줄게

많이 사랑해 주고

마음껏 안아 줄게

아가야, 빨리 우리 집으로 가자

엄마 딸과
내 딸

첫째 아이 출산 때는 산후조리원의 혜택을 누릴 형편이 되지 못해 어쩔 수 없이 엄마에게 몸조리를 부탁했다. 엄마는 나의 부탁을 거절했다. 엄마는 건강이 좋지 않아 식당을 관두고 새아버지를 만나 회복의 시간을 보내고 있었지만 내게는 아프다는 말을 하지 않았다. 딸의 빚을 갚아주지 못해 미안해했고, 버거운 삶의 무게를 견디지 못하고 극단적인 선택이라도 할까 봐 마음 졸이며 지켜보고 있었다. 엄마는 엄마대로 나는 나대로 힘들었다.

하지만 엄마의 계속된 거절은 결국 나를 울게 만들었다. 나로서는 방법이 없는데 자꾸 거절하는 통에 결국 나는 '정말 우리 엄마 맞냐'라며 서럽게 울었다. 엄마는 어쩔 수 없이 딸에게 졌고, 2주간의 산후조리를 약속했다. 승낙은 받아냈으나 이미 여러 번 거절했던 엄마가 미웠다. 상황도 능력도 안 되는 것을 뻔히 알면서도 안쓰러워하기는커녕 꼭 거절로 딸을 울렸어야 했냐고 묻고 싶었다. 그 일로 마음이 상한 나는 '아기는 직접 돌볼 테니 집안일만 도와달라'고 말했고 엄마는 그 제안을 받아들였다.

수술 후 병원에서 일주일을 보내고 집으로 돌아왔다. 병원에서는 아기를 안아볼 수 있는 시간이 적었기에 빨리 집으로 가 아기와 시간을 보내고 싶었다. 그러나 현실은 이상과 다르다는 것을 깨닫는 데는 그리 오랜 시간이 걸리지 않았다.

첫날 목욕시키는 것부터 그랬다. 뭘 어떻게 준비해야 할지 갈피를 잡지 못하고 이리저리 헤매는 내 모습이 우스웠다. 수온계를 들고 목욕물 온도를 맞춘다고 한나절, 대야에 물을 얼마나 받아야 할지 몰라 부었다 덜었다를 반복하고, 어떻게 안아야 할지 몰라 이랬다저랬다, 아기를 물에 빠뜨리지는 않을까, 코에 물이 들어가지는 않을까, 여린 살갗이 손톱에 긁히지는 않을까 하나하나 조심스러웠다. 목욕시간이 길어지자 아기는 계속 울고 나도 울기 일보 직전이었다. 분명 아기 안는 법, 수유하는 법, 목욕시키는 법까지 배웠건만 아기가 울기 시작하면 아무것도 기억이 나질 않았다.

아기는 잘 자다가도 배만 고프면 사정없이 울어댔다. 분유 물 온도를 맞추는 일도 처음에는 시간이 오래 걸렸다. 뜨겁다고 찬물을 섞으면 농도가 묽어져 설사를 하게 되고, 물에 담가 온도를 내리려면 시간이 걸린다. 아기는 엄마의 사정과는 상관없이 배가 고프면 울음을 참지 않았고 겨우 분유 하나 제때 먹이지 못하고 야단법석인 딸을 보다 못한 엄마가 한마디를 했다.

"애는 두고 너 먼저 먹어라."

엄마가 차려준 밥상의 미역국도 식어가고 있었다.

"애가 우는데 어떻게 밥을 먹어?"

엄마는 딸이 아직도 자기에게 심통이 나 있다는 것을 알았다. 그러니 차마 "애는 내가 볼 테니 너는 밥 먹어라."라고 말은 못 하고 "아기들은 원래 우는 거야. 그거 조금 운다고 안 죽는다. 그냥 두고 너부터 먹어라."라고 했다. 하지만 나는 엄마의 말에 가시 돋친 말로 대꾸했다.

"엄마는 되게 매정하네? 나는 그렇게 못 해."

나의 말에는 엄마처럼 상처 주며 키우지 않겠다는 다짐과 원망이 숨어 있었다.

"네 몸부터 챙겨야 애를 볼 거 아니니? 엄마가 안 아파야 애도 안 아픈 거야."

엄마의 걱정은 이미 한발 늦은 뒤였다. 그리고 나는 엄마 딸보다 내 딸이 더 소중했다.

"됐어. 나는 내 배고픈 거 참는 것보다 애 우는 거 보는 게 더 힘들어. 다 먹이고 먹을 거야."

"으이그…."

나는 매번 울어대는 내 딸에게 졌고, 엄마도 결국 내게 지고 말았다.

그때는 솔직히 '너 먼저'라는 말에 서운한 마음은 조금 풀렸었다. 살면서 엄마에게 '네가 더 소중하다'는 말을 들어 본 적이 있었나. 평소 같으면 감동의 눈물을 펑펑 흘렸을 것인데 하필 당신의 딸과 내 딸을 대결시킨 것이 문제였다. 엄마가 자기 딸만 위하고 손녀는 뒷전이니 눈에 넣어도 아프지 않은 내 딸을 홀대하는 것이 내심 서운했던 것이다. 또 '그 정도로 애는 죽지는 않는다'는 말은 초보 엄마에게는 경악을 금치 못할 말이기도 했다.

그때는 나를 위한다는 마음도 의심했다. 어릴 적부터 엄마는 딸의 마음을 몰라줬고 따뜻한 말 한마디 해 주지 않던 사람 아니었던가. 그런 사람이 이제 와 소중하다 말한들 누가 그 말을 믿을 수 있을까.

두 딸을 키우며 그때 엄마가 내게 했던 말이 자꾸 나의 생각을 붙들었다. 엄마의 마음은 내가 내 딸을 바라보는 마음과 다르지 않았다. 둘째는 아기일 때 안아 재워달라며 30분을 운 적이 있었다. 나는 첫째 때와는 다르게 안아 주지 않고 울음을 그칠 때까지 기다렸다. 안아 주어야 할 때와 안아 주지 말아야 할 때를 구분해서 키운 둘째는 오히려 아무 데서나 잘 자고 떼쓰지 않는 아이로 자랐다. "운다고 죽지 않는다."는 엄마의 말은 무조건 운다고 안아 주는 것이 능사가 아니라는 말이었고, 아이는 뭐든 울음으로 표현하니 너무 놀라지 말라는 당부였다.

또 엄마의 말은 삶의 고비를 넘어서지 못하고 멈출 때마다 조용히 등을 떠밀어 주었다. "엄마가 건강해야 아이도 건강하다."는 말은 몸이 지치고 마음이 무너질 때, 아이들보다 잠시 나를 먼저 챙길 수 있는 용기를 주었다. "너부터 먹어라, 내 딸이 더 소중하다."는 말은 세상 어디에도 내 편이 없는 것 같았던 순간에도 끝까지 지켜줄 한 사람으로 남겠다는 든든한 약속처럼 들렸다. 그 말들이 있었기에 나는 다시 웃을 수 있었고, 다시 일어나 아이들을 바라볼 수 있었다.

부모와 자식은 서로를 배워가는 시간 속에서 조금씩 마

음이 이어진다. 다 표현하지 못한 사랑 때문에 때로는 서운
할지라도, 그 서운함마저 시간이 지나고 나면 사랑의 다른
얼굴이었음을 알게 된다. 그러니 서운함에 머무르지 말고
주고받은 말속에 깃든 마음을 오래 기억하자. 그것이 결국
서로를 단단히 이어주는 끈이 될 테니.

그날,
응급실 한가운데 나는

———

엄마는 시골로 내려가기 전날 불길한 꿈을 꾸었다. 엄마는 가끔 안 좋은 일이 생길 때면 예지몽을 꾼다. 하지만 해석은 항상 빗나간다. 이번에도 내 꿈을 꿔놓고 언니에게 꿈자리가 안 좋으니 조심하라고 일렀다.

벚꽃 잎 흩날리던 햇살 좋은 4월의 아침, 엄마가 내려가신 지 이틀이 지났다. 남편은 출근하고 아기와 나 둘뿐인 집 안은 너무도 조용했다. 잠든 아기를 침대에 눕히고 잠시 쉬었다 설거지를 하려는데 갑작스러운 비명에 방으로 뛰어 들어갔다. 침대에 누운 아기는 두 눈을 꼭 감고 팔다리를 바르르 떨면서 있는 힘껏 소리를 지르고 있었다. 칭얼대거나 우는 것이 아니었다. 고통에 못 이겨 내지르는 소리였다. 조금 전까지만 해도 아무 일 없이 잘 자던 아기가 대체 왜 갑자기

우는 것인지 알 수 없었다. 이마를 만져보고 옷을 벗겨 여기저기를 살펴보았지만 어디가 아픈지 짐작조차 할 수 없었다. 어찌해야 할지 몰라 발을 동동 구르는 사이 아기의 울음소리가 점점 작아지더니 의식을 잃고 축 늘어졌다. 눈앞이 하얘지고 손이 사시나무처럼 떨렸다. 구급차를 불러야 하는데, 손가락으로 119 버튼을 누르는 일이 그리 힘든 일인 줄은 몰랐다. 그러고 보니 누군가의 등에 업혀 실려 가본 적은 있어도 보호자로 응급실에 가는 일은 처음이었다.

응급실 간호사는 아기를 어린이 침대에 눕히고 이리저리 살피며 묻고 또 물었다. 그러고는 경기를 하는 거라며 몸을 닦아주라고 물수건을 건넸다. '경기라고? 이게 경기를 하는 거라고?' 아이들이 열나면 경기를 하기도 한다는 말을 들은 적은 있으나 직접 본 적은 없었다.

정말 경기인지 아닌지는 모르겠으나 시키는 대로 물수건을 아기의 몸에 가져다 대니 감전된 것처럼 팔다리를 더 격렬하게 떨었다. 금세 온다던 소아과 의사는 오지 않고 인턴만 와서 자꾸 질문을 해댔다. 응급실 사람들은 더 응급한 환자를 보느라 바빴다. 우리 아기는 여전히 의식도 없는데 어떠한 조치도 해주지 않으니 속이 바짝바짝 타들어 갔다. 제발 좀 빨리 봐달라고 불러도 ‘경기는 큰일이 아니다’라며 기다리라는 말뿐이었다. 그렇게 20분이 흐르고 신생아실 중환자실에서 왔다는 젊은 여자 의사가 차트를 살피며 인턴 의사가 했던 질문을 반복했다.

“언제부터 증상이 있었나요?”

“30분 정도 된 거 같아요. 갑자기 소리를 지르면서 의식을 잃어서 구급차 타고 바로 병원으로 왔어요.”

“아기 태어난 지 몇 주 됐어요?”

“3주 됐어요.”

“아이고. 벌써부터 응급실에 오면 어떻게 하나.”

“빨리 어떻게 좀 해주세요.”

그녀는 아기의 눈을 들여다보고 청진기를 대 보고 현재 상태를 살폈다.

“너무 어린 아기들은 약을 함부로 쓸 수가 없어요. 아기는 신생아 중환자실로 데려가서 살펴봐야 할 것 같아요. 제가 데리고 갈 테니 어머니는 집에 가서 기다리세요. 전화로 연락드릴게요.”

“네? 집에 가서 기다리라고요?”

의사의 품에 안긴 아기를 멀리 보내고, 나는 텅 빈 두 손으로 응급실 한가운데 서 있었다. 아무것도 할 수 없는 무력감이 파도처럼 밀려왔다. 내가 엄마인데, 내가 보호자인데, 정작 할 수 있는 일이라고는 그저 기다리는 것뿐이라는 사실이 가슴을 짓눌렀다. 그 순간이 바로, 나의 엄마로서의 고통이 시작된 순간이었다.

그리고 나는 알았다. 부모가 된다는 것은 끝없는 사랑을 품는 일인 동시에, 그 사랑만큼의 고통을 견뎌내는 길이라는 것을.

기다림에도
힘이 필요하다

누군가를 기다리는 일에는 생각보다 많은 힘이 필요하다. 그것은 단순히 자리에 앉아 있는 것이 아니라, 시간의 무게를 온몸으로 버텨내는 일이다.

어릴 적 뱃일 나간 엄마와 아빠를 밤새워 기다린 일이 있었다. 그날은 평소와 달랐다. 어둠이 내리기 전에 돌아왔어야 했는데 밤이 늦도록 연락조차 없었다. 부모의 안전을 걱정하며 밤새워 기다리는 일이 어린 내게는 감당할 수 없는 두려움이었다. 어린 시절 그 밤을 버티면서 다시는 누군가를 간절히 기다리는 일이 내 삶에 없기를 바랐다.

병원에서 연락이 왔다. 의사는 단순 경기가 아닌 뇌수막염으로 인한 발작을 의심했다. 아기는 아직도 발작을 멈추지 않았고, 항생제를 투여할 수도 없으니 고비를 잘 넘기기

바랄 뿐 아무것도 해줄 수 있는 것이 없다고 했다.

뇌수막염이 대체 무슨 병이길래 아이를 이리도 아프게 하는 것인지 궁금했다. 뇌수막염은 몸 안으로 들어간 바이러스나 세균이 두개골 안의 뇌를 감싸고 있는 수막에 염증을 일으키는 병이다. 사람의 뇌는 몸의 모든 기능을 관장하는 중요한 역할을 하기에 단단한 두개골에 의해 보호를 받는다. 그런데 신생아의 두개골에는 뼈가 덜 닫힌 소천문과 대천문이 존재한다. 소천문은 생후 3개월까지 닫히고, 대천문은 18개월까지 서서히 닫힌다. 천문이 열려 있는 영아의 두개골은 바이러스나 세균의 침투에 취약했고, 그로 인해 뇌수막염으로 인한 영아 사망률은 생각보다 높았다. 아이는 홀로 죽음과 사투를 벌이고 있었다. 배 속에 있을 때는 엄마의 보호를 받으며 좋은 것이든 나쁜 것이든 공유할 수 있었지만, 세상 밖으로 나오니 삶도 죽음도 각자의 몫이 된 것이다.

신생아 중환자실은 평일 오전 11시가 되면 30분간 짧은 면회를 허용했다. 작은 창문의 블라인드가 열리면 엄마들은 창가로 모여들어 아기를 바라보며 눈물을 훔쳤다. 아기들은 각각의 작은 플라스틱 투명 인큐베이터 안에서 기저귀만 두른 채 누워 있었다. 팔에는 링거를 꽂고, 가슴에는 심장박동 측정기를 달았다. 중환자실의 관리는 철저했다. 꼭 필요한 상황에만 문이 열릴 뿐 보호자도 함부로 들어갈 수 없었고, 세균과 바이러스뿐만 아니라 방음까지 차단되어 아기 울음 소리마저 전달되지 않았다.

그때 나는 아이를 볼 수 있는 30분을 위해 하루를 살았고, 면회하러 갔다 돌아오면 아무것도 먹지 못했다. 그래도 '엄마가 건강해야 한다'는 친정 엄마의 말을 생각하며 하루에 한 끼는 물에 밥을 말아 눈물과 함께 후루룩 삼켰다.

길고 긴 기다림의 시간이었다. 기다린다고 당장 아이가 돌아올 수 없다는 것을 알면서도, 보지도 않는 TV를 틀어놓고 멍하니 앉아 종일 아이만 기다렸다. 시간은 더디 흘렀고 하루가 너무 길었다.

입원한 지 2주가 지났다. 아이는 생사의 고비를 넘겼고, 소량의 항생제가 투여되기 시작했다. 분유도 조금씩 먹기 시작했다. 어른도 힘든 2주간의 금식을 버티느라 얼마나 힘들었을까. 힘겨운 사투를 벌이는 동안 약도 밥도 없이 갑갑한 인큐베이터에서 얼마나 애타게 엄마를 찾았을까. 힘든 시간을 함께하지 못해 미안했고, 그런데도 잘 견뎌준 것이

장하고 고마웠다.

　면회실 창문에 전날 먹은 분유량과 몸무게가 적힌 종이가 붙어 있었다. 그 종이 한 장으로 엄마들의 희비가 엇갈렸다. 오랜 금식이 힘들었던지 우리 아이가 먹는 분유량은 하루가 다르게 늘었다. 신생아 중환자실 아이의 모습은 매일 같은 듯 조금씩 달랐다. 어느 날은 팔에 있던 주삿바늘이 발등에 꽂혀 있었고, 어느 날은 머리털의 절반이 날아간 채 발등에 꽂혀 있던 주삿바늘은 머리에 꽂혀 있었다. 오랜 입원 동안 가녀린 혈관은 주삿바늘을 견디지 못하고 여러 번 터졌고, 팔다리에서 혈관을 찾지 못하면 머리에서 찾아야 했다. 아이는 퇴원 전까지 머리털을 세 번이나 밀었다.

　그렇게 힘겨운 상황 중에도 아이는 좁은 인큐베이터에서 나름의 놀거리를 찾는 것인지 팔다리를 버둥거리고 무언가를 주시하며 손을 뻗기도 했다. 그런 아이가 안쓰러워 집에 갈 수 없었다. 면회 시간이 끝나도록 남아 있는 사람은 나뿐이었다. 매일 거머리처럼 창에 붙어 있는 내게 간호사는 '인제 그만 가라'는 눈인사를 하며 블라인드를 닫았다. 그러면 나는 또 병원 복도를 한참 서성이다 돌아왔다.

　온 힘을 다해 기다렸지만, 기다리는 것조차 버거운 시간이었다. 버티는 것도 힘든데, 아무것도 할 수 없다는 좌절감이 '정말 네가 할 수 있는 일이 아무것도 없느냐'며 나를 다그쳤다.

어린 시절 뱃일 나간 엄마 아빠가 돌아오지 않던 그 밤. 내가 아무것도 할 수 있는 것이 없을 때, 내 곁을 지키며 밤새워 기도해 준 사람이 있었다. 술주정뱅이 아빠가 폭군으로 변해 집에 불이 날 뻔했던 밤, 나는 밤새워 기도했다. 기도한 대로 모든 것은 이루어졌고, 기도의 힘으로 나 또한 그 밤을 버틸 수 있었다. 그랬던 내가 하나님을 떠나 산 지 오래였으니, 인간의 나약함을 절실히 깨닫는 순간에도 그 이름을 부르지 못했는데, 아이를 향한 엄마의 간절한 마음은 결국 두 손 모아 그 이름을 부르게 만들었다. 아이를 위해 시작한 기도는 아이러니하게도 기다림에 지쳐 있던 나를 일으켜 세웠고, 그로 인해 나의 신앙은 회복되었다.

신생아 중환자실의 아기들은 대부분 황달이거나 미숙아였는데, 그중 유독 눈에 띄는 아기가 있었다. 심장부터 얼굴까지 온갖 장애를 가지고 태어나 다섯 번의 수술을 거치는 동안 아기 엄마는 아기를 버리고 도망쳤다. 한 간호사는 엄마가 자기를 버리고 간 것을 아는지 울지도 않고 삶의 의지도 없다며 안타까워했다. 아기는 고통스러운 수술과 힘겨운 병원 생활보다 엄마에게 버림받은 것이 더 슬펐던 모양이다. 그 아기를 보며 돌아갈 엄마 품이 있다는 것이 아이에게 얼마나 힘과 위로가 되는지를 깨달았다. 무너질 수밖에 없는 상황에서도 엄마이기에 버텨야 했고, 돌아갈 품이 되어주어야 했다.

엄마라는 존재는 기다림의 숙명을 타고난 존재인지도 모른다. 모든 엄마는 아이의 삶 곳곳에서 숱한 기다림을 가져야 한다. 기다림에도 힘이 필요하다. 엄마가 되려면 강해져야 한다는 말처럼, 숱한 기다림을 견디려면 힘을 길러야 한다. 그러니 기다림, 어쩌면 그것은 사랑하는 존재를 지키기 위해 부모가 강해져 가는 과정일지도.

드디어 바라던
퇴원 날

한 달 반이라는 시간이 지나고 드디어 바라던 퇴원을 하는 날이었다. 아이를 데려가기 전, 의사와 면담을 시작했다.

"이쪽으로 앉으세요. ○○○ 아기 퇴원 면담하겠습니다."

아이는 신생아 중환자실에서 지내는 내내 엄마의 이름으로 불렸다. 생후 3주 만에 병원으로 실려 와 생사를 오갔으니 출생신고 기간이 지나도록 이름 지을 생각도 하지 못했다.

"○○○는 아기 이름이 아니고 제 이름입니다."

"아… 그래요? 그럼, 아기 이름은 아직 없나요?"

"아직 못 지었어요."

"그렇군요. 그럼, ○○○ 산모님 아기 퇴원 면담을 시작하겠습니다."

그녀는 숨을 크게 들이마셨다가 내쉬고, 차분하고 조용한 목소리로 아이의 상태를 설명했다.

"일단 들어서 아시겠지만, 뇌수막염은 두개골 안쪽의 뇌를 감싸고 있는 수막에 염증이 생기는 겁니다. 혹시 아기가 뇌수막염에 왜 걸렸는지 알고 계시나요?"

"글쎄요. 잘 모르겠는데요. 남편이 지독한 감기에 걸렸었는데, 혹시 그거랑 상관이 있을까요?"

"확실치는 않지만 인플루엔자균이 뇌수막염을 일으키기도 하니까 감기가 원인일 수도 있겠네요."

"하….."

확실치는 않다지만 부모의 무지와 부주의가 아이를 병에 걸리게 한 원인일 수도 있다는 말을 듣는 순간 눈앞이 아찔했다.

"음…. 아기는 처음 이틀간은 발작을 계속했고요. 너무 어린 아기라 항생제를 함부로 쓸 수가 없어서 마음 졸이며 지켜봤습니다. 고비가 몇 번 있었는데 다행히 잘 넘겼고요. 뇌척수액 검사도 여러 번 진행했어요. 처음에는 백혈구 수치가 굉장히 높았는데 퇴원을 앞두고 마지막으로 한 검사에서는 정상으로 돌아왔어요. 뇌척수액 검사는 척추에 바늘을 꽂고 척수액을 뽑아 백혈구 수치를 검사하는 건데요. 어른도 견디기 힘들 만큼 고통스러운 검사라고 말씀드렸었죠.

아기는 처음 두 번은 바늘을 찔러도 반응이 없을 만큼 상태가 좋지 않았는데 세 번째 검사에서는 조금 반응을 보였고, 이번 검사 때는 아주 많이 반응을 보였어요."

반응하지 않았다는 말도 아팠고, 반응했다는 말도 아팠다. 그녀는 컴퓨터 모니터를 돌려 MRI로 촬영한 사진을 보여주며 설명을 이어갔다.

"여기 MRI 사진에 하얀 부분이 보이시나요? 여기, 여기, 군데군데가 다 하얗잖아요. 이 부분들이 염증이 생겨서 뇌가 소실되고 물로 변한 부분들인데, 굉장히 광범위하죠."

대충 봐도 하얀 부분은 뇌 전체 사분의 일이 넘었다. 그런데도 아이가 살아 있다는 것은 기적이었다. 그러나 뇌의 상태를 보니 기적을 기뻐할 수 없었다.

"뇌는 신체의 모든 기능을 담당하잖아요. 그래서 소실된 부분이 있으면 해당 기능이 제대로 작동하지 않게 되는데요. 예를 들면, 눈을 관장하는 부분에 이상이 있으면 실명이 될 수도 있고, 팔다리의 움직임을 관장하는 부분에 이상이 있으면 걷지 못하거나 마비가 올 수도 있고, 또 언어를 관장하는 부분에 이상이 있으면 말을 못 할 수도 있습니다. 그러니까 뇌가 관장하는 부위의 손상에 따라 장애가 생길 수 있다는 거예요. 무슨 말인지 이해되시죠?"

뇌 사분의 일이 없어진 것도 충격인데 없어진 부분이 기능을 못 해 장애를 갖게 된다는 말은 감당할 수 없는 고통이었다. 대충 사진으로만 봐도 아이는 많은 장애를 갖게 되리란 것을 알 수 있었다. 나는 아무런 대답도 못 하고 눈물을 글썽이며 고개만 끄덕였고, 그녀는 안타까운 표정으로 숨을 고르며 말을 이어갔다.

"지금은 어떤 기능에 문제가 생겼는지 알 수 없지만, 앞으로 아기가 자라면서 문제가 하나씩 드러날 거예요. 그래도 희망적인 것은 뇌는 다른 부분이 기능을 못 하면 그 부분을 대신하는 경우도 있다는 거예요. 연구 사례를 보면 분명히 어느 부위에 문제가 발생했는데 전혀 이상 없이 지내는 경우가 종종 있거든요. 그런 경우를 다른 부위가 대신했다고 보는 거죠. 그리고 아직 아기라서 지금보다는 좋아질 가능성이 있어요."

"그러면, 뇌가 자라면서 빈 부분이 채워지나요?"

"아니요. 안타깝게도 그렇지는 않아요. 뇌는 한 번 없어지면 다시 생기지 않거든요. 아직 성장을 마친 게 아니니까 성인보다는 다른 부분이 소실된 부분을 대체할 가능성이 조금 더 크다는 말이에요."

"아….."

"그렇다고 모든 기능이 다 대체가 된다는 것은 또 아니에요. 대체 불가능한 부분들이 오히려 더 많아요. 그래서 앞으로 크면서 발달에 얼마만큼의 지장이 있을지는 지금은 알수 없습니다. 그러니 발달 치료도 중요하죠. 소아과 진료를받으시면서 중간중간에 발달 테스트도 하고 필요한 치료를하시는 게 좋을 것 같아요. 재활의학과랑 소아과를 연결해드릴 테니까 내려가셔서 진료 예약하고 가시면 됩니다."

의사의 설명을 들으며 나는 하염없이 흐느꼈다. 참아 보려 했으나 참아질 눈물이 아니었다. 하늘은 끝도 없이 무너져 내렸고 다리는 힘이 풀려 걸을 수 없었다. 애타게 기다리던 아이를 드디어 집으로 데려오는 날인데 행복하지 않았다. 큰 산을 넘었다고 안도했는데 그보다 더 크고 까마득한산이 기다리고 있었다. 아이는 살았지만 많은 것을 잃었고, 그런 아이를 안고 걸어야 할 앞길에는 희뿌연 안개가 자욱했다.

기다림은 약한 사람에게 주어지지 않는다.

사랑하는 존재를 위해

끝까지 버틸 사람에게 주어진다.

———

　동양철학을 독학한 대학 동기 Y에게 불쑥 아이의 사진을 보내 관상을 봐 달라고 했다. 아이의 목숨을 두고 하나님 앞에 무릎 꿇었던 내가 관상이라니, 지금 돌이켜보면 한심하다 못해 쓴웃음만 나오지만, 그때는 지푸라기라도 잡고 싶었다.

　Y는 어린아이의 관상풀이는 어려우니 대신 내 관상의 자식 운을 봐주겠다 했다.

　"네 관상을 보면 너는 생각보다 아이를 잘 키울 거라고 나오거든. 그러니까 너무 걱정하지 마."

　"잘 크는 게 아니고, 잘 키운다고?"

　Y가 이런저런 말을 덧붙였지만 '잘 키운다'는 말에 꽂혀 다른 말은 들리지 않았다. 사실 난 알고 있었다. 내가 아이를 끝까지 포기하지 않을 사람이라는 것을. 어쩌면 그 순간, 내

가 듣고 싶었던 것은 내 몫의 무게가 아닌, 일으켜 세울 한 줄기 희망이었을 것이다.

그 간절한 희망은 아이의 이름으로 이어졌다. 모든 부모는 아이의 성공과 복을 바라는 염원을 담아 이름을 붙여준다. 이름이 어떤 아이에게는 미래를 비추는 등불이 되고, 어떤 아이에게는 든든한 울타리가 되기도 하는 것은 부모의 애정 어린 바람 덕분이다. 나 역시 내 아이에게 그런 이름을 지어주고 싶었다. 그러나 불확실한 미래 위에 선 아이에게 '훌륭한 사람'이 되라는 이름은 부담이요, 놀림의 빌미가 될 뿐이었다.

화려하고 대단한 이름 대신, 누군가 아이의 이름을 부를 때마다 온기가 전해지기를 바랐다. 때마침 내 아이는 생명의 새순이 파릇하게 움트는 설렘 가득한 3월에 태어났으니, 봄날 가장 먼저 피어난 꽃처럼 활짝 웃을 수 있기를 소망하며 '새봄'이라 이름 지었다.

'새봄', 그 이름은 아이만을 위한 이름이 아니었다. 나를 위한 희망의 메시지이기도 했다. 장애를 가진 아이를 키우는 부모는 '책임감'이라는 무거운 굴레에서 결코 자유로울 수 없다. 설령 큰 어려움은 없더라도 독립하지 못하는 자식을 죽을 때까지 걱정해야 하고, 죽는 순간마저 편히 눈 감을 수 없다. 그런 나에게 '새봄'이라는 이름은 '죽는 날까지 잘 키워내고야 말겠다'는 다짐이었고, '잘 자라게 될 것이다'는 희망 어린 위로였다. "괜찮을 거야, 아무리 두려워도 결국 이겨낼 것이고, 모진 추위에도 기어이 봄은 오고야 말 거야. 그러니, 무너지지 말고 힘내."라는 응원이었다.

인생은 만날 봄일 수 없다. 때로는 무너지고, 때로는 방향을 잃고 헤매다 좌절하기도 한다. 그럼에도 우리는 또다시 봄이 올 거라는 희망을 붙든다. 혹독한 세월을 견디기 위해 가슴에 작은 희망의 씨앗을 품고 산다. 그래야 다시 살아내고, 다시 피어날 용기를 얻는다.

삶이 흔들릴 때마다

나는 아이의 이름을 부른다.

새봄, 다시 시작할 수 있다는 믿음.

2장

•

가을

떨어지는 잎 사이로,
우리는 서로를 더 깊이 붙들며

다정한 어른이 된다는 것은

떨어지는 것들을 붙잡으려 애쓰기보다,

흔들리는 시간마저 삶으로 받아들이는 태도다.

어느 가을날,
금빛 햇살처럼

—

저녁 하늘이 타는 듯한 선홍빛 가을을 입으면
내 빛깔 고이 접어 비우고 너로 물들인다
단풍 진 숲길 사이로 드리워진 금빛 햇살처럼
너를 품는다

기댈 곳 없이 쓸쓸한 바람이
마른 낙엽으로 흩어지면
차가운 내 안의 시선은
가을볕 아래서도 나를 훑는다
메마른 비명으로 사라진다

달빛으로 물든 가을밤
토닥이는 손길, 숨결 가득한 자장가

칭얼대는 아이를 재우고

밤새 뒤척여 나를 재운다

이놈에 숨, 놓아버리면 그만일 것을

그 한 발, 차마 떼지 못하고

가쁜 숨 고르고

뒤돌아 너를 본다

어미가 살아야 자식도 산다고

나를 일으켜 세운다

서리 견딘 풀 한 포기

모진 침묵의 세월에도

오롯이 살아남아

기어이 꽃망울 터뜨린다

가을 들녘, 풀씨로 날아오른다

—

부모는 아이를 지켜내기 위해 때론 원치 않는 상황까지도 기꺼이 감내한다.

아이가 6개월이 되었을 때, 그토록 두려워하던 일이 결국 현실이 되고 말았다.

뇌 안에는 물의 순환을 담당하는 뇌실이라는 곳이 있다. 아이의 머리는 뇌수막염으로 인해 뇌실의 물길이 모두 막혔고, 빠져나가지 못한 물은 뇌실 안에 가득 차 뇌를 압박하며 뇌압까지 높이고 있었다. '수두증'이었다. 꼭 수술해야만 하는 상태였다.

수두증 션트 수술은 뒤통수의 피부를 절개한 뒤, 두개골에 구멍을 뚫어 조절 장치를 달고, 긴 관(션트)을 뇌실에서부터 피부 안쪽의 목을 타고, 앞가슴의 갈비뼈 사이를 지나, 복부로 들어가 내장 사이 빈 곳으로 길게 빼주면 인공적인 물길이 생긴다. 그렇게 배출된 물은 내장에서 흡수되어 몸 밖으로 빠져나간다.

어린 나이에 큰 수술을 받아야 한다는 사실만으로도 가슴에 커다란 돌덩이가 얹어진 것 같은데, 아이의 병원 생활은 너무도 버거웠고, 그걸 지켜보는 나의 마음은 천 갈래로 찢어지는 것 같았다.

수술 전 병원에서의 첫 번째 관문은 아이 팔에 정맥주사를 꽂는 일이었다. 의사의 권유로 장염이 유행하던 소아과 병동 대신, 소아 환자가 드문 신경외과 병동에 입원했다. 그 선택이 아이를 더 힘들게 할 줄은 미처 알지 못했다.

혈관을 찾기 위해 주삿바늘이 살갗을 찌를 때마다 병동이 떠나가라 울어대는 아이를 지켜보는 일은 고통 그 자체였다. 바늘을 꽂았다 빼는 횟수가 늘어날수록 지켜보는 나의 마음에는 분노가 들끓었다. 어린아이의 가느다란 팔에서 혈관을 찾기 어렵다는 사실을 알고 있었을 텐데, 처음부터 숙련된 사람을 보내지 않고 마치 실습이라도 하듯 두 명의 간호사는 열한 번을 찌르고 나서야 포기를 선언했고, 그제야 수간호사가 와 두 번 만에 성공했다. 그러니 간호사의 실력을 탓하지 않을 수 없었다. 그때부터 남편과 나는 이성을 잃어갔다.

두 번째 관문은 머리털을 미는 일이었다. 나이 지긋한 이발사가 특별 요청을 받고 신경외과 병동으로 왔다. 어디로 움직일지 모를 아이가 행여나 날카로운 면도칼에 베이지 않을까 긴장되는 순간이었다. 그런데 아이보다 이발사가 더 문제였다. 남자는 시작 전부터 손을 떨고 있었다. 노련할 줄로만 알았던 모두의 기대와 달랐던 그의 긴장된 손길에 우리의 불안은 더욱 커져갔다. 이발사는 무슨 생각에선지 아무것도 바르지 않은 맨살을 면도질하기 시작했다. 의아했다. 이발소에 가 보지 않은 사람도 맨살에 면도질하지 않는다는 건 상식이었다. 비눗물 한 방울 없이 살 위로 면도날이 지나가니 머리털이 쉽게 깎일 리 없었다. 그는 한 번 민 곳을 밀고, 또 밀었다. 날카로운 면도날이 반복해서 같은 자리를 지나가는 동안 살이 까이는 고통을 아이가 참아낼 리 없었다. 아이는 울며 몸부림치기 시작했고, 이발사는 더욱 긴장한 듯 진땀을 흘렸다. 금방 끝날 줄 알았던 이발 시간은 점점 길어졌고, 아이가 우는 시간도 길어졌다.

아이를 움직이지 못하도록 붙들고 있는 남편과 내 마음

은 새까맣게 타들어 갔다. 참아보려 했다. 그런데 남자는 고통을 호소하는 아이는 안중에도 없는지 같은 곳만 면도질하며 "왜 이렇게 안 밀리지?"라고 중얼대는 것이 아닌가. 그의 그 중얼거림에 결국 나의 분노는 폭발하고 말았다.

"아니, 아저씨! 왜 깎은 데만 자꾸 깎는 거예요? 애가 아파하는 거 안 보여요?" 나의 말에 그는 "머리털 하나 남김없이 깨끗하게 밀라고 했어요."라고 대답했다. 나는 더욱 목소리를 높여 "그러면 거품이라도 바르고 밀던가요. 맨살을 자꾸 미니까 살이 다 까이잖아요. 머리털을 깎으라니까 왜 자꾸 살을 깎냐고요." 한번 터진 분노의 물길은 이내 거대한 물살이 되었고 모든 화를 쏟아내도 쉬 풀리지 않을 것 같았다. 나의 목소리는 아이의 울음소리를 능가하며 신경외과 병동을 쩌렁쩌렁 울렸다. 그러자 남자는 말까지 더듬으며 "어… 어… 어… 머… 머리털이 남지 않게 다… 다 밀어야 하는데… 더… 바… 바짝 밀어야 하는데… 잘 안 깎이네… 아이고…."라며 울상을 지었다. 그 순간, 나의 분노는 단순한 화는 아니었다. 아이를 향한 애끓는 마음이었고, 절규였고, 아이를 지키려는 본능이었다.

안타깝게도 아이의 울음은 거기서 그치지 않았다. 이발을 마치고 남은 머리털을 닦아내는 일은 부모의 몫이었다. 아이의 머리에 물이 닿는 순간, 쓰라림을 참지 못하고 또 한바탕 울어 젖혔다. 아이가 자꾸 우니 불안과 스트레스가 극에 달했던 우리 부부는 손발이 맞지 않았다는 이유로 언성을 높이며 서로에게 화를 쏟아냈다. 그때는 미처 깨닫지 못했다. 통제할 수 없는 상황에 대한 분노가 엉뚱한 출구를 찾았다는 것을. 아이의 고통 앞에서 아무것도 할 수 없었던 우리가 분노의 칼날을 겨눈 것은 서로가 아닌, 우리를 둘러싼 절망을 향한 것이었다.

사실 우리 부부는 남에게 폐 끼치는 것을 싫어하는 사람들이다. 그러나 평소답지 않게 아이의 고통이라는 변수 앞에서는 어쩔 수 없이 민폐를 자처하게 되었다. 남편보다 조금 더 용기 있었던 나는 이후로도 아이의 불편 사항을 해결해 달라며 수시로 간호사를 불렀고, 간호사들은 그런 내가 유난스럽다며 고개를 내저었다. 아이를 위한 일이었지만, 한편으론 미안한 마음이 들어 음료수 한 상자를 사다가 슬며시 올려 두고 병실로 돌아왔다.

아이의 고통 앞에서 어느 부모가 초연할 수 있겠는가. 어린 자녀의 고통 앞에서 좌절하고 분노하며 아이를 지키고자 함은 세상 모든 부모가 같은 마음일 것이다. 타인의 시선에

유난스러워 보일지언정, 그 '유난'은 자녀의 고통 앞에서 발버둥 치던 한 부모의 처절한 몸부림이자 사랑의 다른 이름이었다.

사랑은 늘 서툰 모습으로 온다.

그래도 우리는 그 서툰 마음으로

끝까지 누군가의 곁에 남는다.

아픔을 통해 얻게 된
삶의 고백

수술 당일 아침. 아이는 그날 신경외과 수술대에 오르는 첫 환자였다. 원칙상 보호자는 통제구역 안으로 들어설 수 없었지만, 아이의 안정을 위해 부모 중 한 사람만 수술방 입구까지 동행할 수 있었다. 수술실 밖에서 아이를 안고 나지막한 소리로 노래를 불렀다. 아무 일도 아니라고, 다 잘될 거라고, 편안하고 따뜻한 목소리로 속삭였다.

품에 편안히 안겨 있을 때 마취 주사가 링거를 타고 아이 몸속으로 들어갔다. 그러자 채 몇 초도 지나지 않아 아이의 몸이 힘을 잃고 거꾸러졌다. 의료진은 아이 얼굴에 산소마스크를 씌우고 급히 수술실로 들어갔다. 나는 또 꼼짝 못 하고 그대로 얼어버렸다. 눈앞에서 거꾸러지던 아이의 모습은 시리도록 아팠다. 수술을 위한 마취라는 것을 알지만 아이가 스스로 호흡조차 할 수 없는 상황이 두려웠고, 작고 여린

몸이 차디찬 수술대 위에서 생사를 오가야 하는 현실은 한 없이 무거웠다. 마주한 현실이 거대할수록 나는 점점 더 작아졌고, 그 초라함에 참담했다. 겨우 몇 발짝을 옮겨 밖으로 나오다 문 앞에서 기다리던 남편과 눈이 마주쳤다. 그 순간, 간신히 붙들고 있던 한 줄기 끈이 툭 끊어지고 말았다. 내 마음과 똑같은 사람이 곁에 있다는 안도감 때문이었을까? 누구보다도 내 심정을 이해하는 남편의 눈빛 때문이었을까? 나는 그 자리에 주저앉아 어린아이처럼 울기 시작했다. 참았던 눈물이 한꺼번에 터지고 말았다. 남편은 얼른 나를 끌어안았고 나는 남편의 품에 안겨 아이가 거꾸러지던 충격적인 순간을 떠올리며 서럽게 울었다. 부모이기에 강인해야 했지만, 부모이기에 또 한없이 무너져 내릴 수밖에 없었다. 부모라는 존재는 그런 것이었다.

수술실 앞에 앉아 '수술 중'이라는 글씨만 한없이 바라보려니 피가 마른다는 말이 무슨 뜻인지 뼈저리게 느껴졌다. 아이의 아픔 앞에서 할 수 있는 것이 없다는 무력감은 아무리 겪어도 익숙해지지 않았다. 아주 작은 몸부림이라도 쳐 보겠노라며 남편을 끌고 옥상으로 올라갔다.

"우리 기도하자! 내가 기도할 테니까. 자기는 내 손 잡고 마음으로 기도해.”

남편은 단 한 번도 기도해 본 적 없었지만, 말하지 않아도 간절한 마음은 통하는 법이었다. 남편은 울먹이며 고개를 끄덕였다. 옥상에 바람을 쐬러 나온 사람이 많았지만 다른 사람의 시선을 신경 쓸 여유도 없이 온 마음과 정성을 다해 간절히 기도했다. 눈물과 콧물이 뺨을 적시고 옷깃을 적셨다. 기도를 마치고 우리는 서로를 끌어안고 또 한참을 흐느꼈다. 그리고 우리는 소중한 존재를 지키기 위해 더 강해지자는 다짐을 했다.

수술이 길어질수록 초조함은 더해갔다. 혹시 잘못된 것은 아닌지 걱정스러웠다. 예상 시간을 훌쩍 지난 5시간 30분 만에 수술실 알림판이 ‘회복 중’으로 바뀌고 담당 의사가 수술실 밖으로 나왔다. 그는 피곤함이 역력해 보였으나 밝게 웃고 있었다.

“워낙 어린 아기라서 조심스럽다 보니 수술이 길어지긴 했는데, 다행히 수술은 아주 잘 끝났고요. 경과는 지켜봐야 알겠지만, 그래도 수술은 잘 됐으니까 이제 걱정 안 하셔도 될 것 같습니다. 자세한 설명은 오후에 병실 회진 돌면서 말씀드리죠. 수고하셨습니다.”

'잘 됐다'는 그 한마디에 모든 시름이 녹아내렸다. 이후로 아이는 여러 가지 수술 후유증을 겪었지만, '잘 됐다'는 그 한마디가 모든 일을 거뜬히 견디게 했다. 차가운 수술대 위에 오래 누워 있었던 아이는 지독한 감기에 걸렸고, 진통제를 투여하고도 극심한 두통에 시달렸다. 분유를 다 삼키기도 전에 먹은 것을 토했고, 하루에도 몇 번씩 울어대는 통에 같은 병실 할머니들을 눈물짓게 했다. 그래도 우리 부부는 더 이상 울지 않았다.

친정엄마와 여동생이 병문안을 왔다. 친정엄마가 병실 들어서던 순간, 하필 아이는 구토를 하며 한바탕 울어 젖히고 있었다. 머리에는 붕대를 칭칭 감고 얼굴은 퉁퉁 부은 상태로. 수술은 잘 끝났고 이제 괜찮다고 나는 웃어 보였지만, 엄마는 내내 눈물만 흘리다 갔다. 그래도 모든 것이 감사했다. 아이는 그 어려운 수술을 잘 견뎌주었고, 수술이 성공적으로 끝났다는 사실만으로 우린 더없이 행복했다. 아이는 내내 인상을 찌푸리고 있었지만, 나는 열심히 웃었고 부지런히 놀아주려 애썼다.

션트 수술은 2년 안에 재수술하는 경우가 많다고 했다. 특히 어린 애일수록 수술 성공 확률이 낮고, 감염이나 관이 막힐 위험도 크다고 했다. 하지만 우리 아이는 스물한 살이 된 지금도 재수술 없이 잘 지내고 있다. 키가 다 자랐음에도 뱃속에 션트가 여유롭게 남아 재수술은 필요치 않았다. 참으로 감사한 일이었다.

지나간 아픔은 몸과 마음에 흔적을 남긴다. 아이의 머리를 빗길 때마다 선명하게 남은 흉터로부터 그날의 기억을 되살린다. 그 흔적은 상처의 끝이 아니라, 끝내 건너온 길의 증거였다. 선물처럼 주어진 삶을 잊지 말라는 표식, 넘어졌지만 다시 일어난 시간을 기억하라는 조용한 신호였다. 그래서 나는 그 흉터를 어루만질 때마다 두려움보다 감사가 먼저 떠오른다.

흉터는 지나온 시간을 되짚게 하지만, 동시에 우리를 바른길로 이끈다. 아픔은 견디고 지나온 만큼 단단해지고, 오늘의 평온을 더욱 선명하게 만든다. 결국 아픔은 삶의 가치와 행복이 어디에 있는지 가리키는, 우리만의 나침반이었다.

—

수술로 입원한 아이
그 곁에 선 나는
기어이 무너져 내렸다

엄마는 자주 말했다
"너는 맨날 아파서 속 썩었지."
의아했다
아픈 건 나였는데 어째서 엄마 속이 썩었을까

나는 병약한 아이였다
출렁이는 배, 멀미 가득한 버스를 지나
닳아버린 병원 문턱
매일 바늘자국 선명한 엉덩이 주사 두 대

허구한 날 열로 달궈진 작은 몸뚱이는

무거운 바윗덩이를 끌어안고

한없이 아래로 가라앉았다

다정한 말 한마디 못 하는 엄마가

그런 나를 애틋하게 바라봤다

일하랴 동생들 돌보랴 바쁘던 엄마가

그날만은

오직 나만 보고, 나만 매만졌다

내 아이의 머리에 감긴 붕대

항공모함 같은 침대에 실린

생후 6개월의 작은 아이는

두통으로 새벽을 칭얼댐으로 잠을 이루지 못하고

링거 꽂기 위해 반 시간

수면제 먹여 재우기 위해 한 시간

나는 기어이 나쁜 엄마가 되어야 했다

그래야 아이는 MRI를 찍을 수 있었다

먼 걸음을 달려온 엄마가 울었다

손녀를 보며 울고

아이를 안고 있는 딸을 보며 울었다

그제야 알았다

자식이 아프면, 부모의 마음은 무너진다는 것을

그제야 알았다

엄마 속이 왜 썩었는지를

엄마, 고맙고

미안해

긴 바다를 건너,
너의 나무가 되다

수술이라는 더 큰 산을 넘고 나니 이번에는 발달 치료라는 망망대해가 눈앞에 펼쳐졌다. 멀고도 긴 여정의 시작이었다.

보통의 아이는 스스로 자극을 찾아 모방하고 발달하지만, 발달 장애를 겪는 아이는 자극에 둔감하고 발달 속도도 현저히 느리다. 발달 치료는 발달이 느린 아이에게 의도적인 자극을 주어 발달을 돕는다. 어린아이의 신체 발달에는 순서가 있다. 대근육 발달이 선행되어야 소근육 발달이 이루어지며, 이는 지능에도 영향을 미친다. 따라서 대근육의 발달 지연은 모든 성장 발달을 늦추고, 시기를 놓친 발달은 속도가 점점 느려져 결국 영구 장애로 남게 된다.

버스로 병원을 오가며 물리치료를 시작했다. 다른 아이

에 비해 일찍 시작했음에도 아이는 세 살이 되어서야 걸을 만큼 신체 발달이 더뎠다. 걸음이 늦어지니 다리 근육의 균형이 무너졌고, 오래 걷지 못할 정도의 심한 평발이 되고 말았다. 한 번 무너진 근육은 되돌릴 수 없었지만, 움직임의 한계를 조금이라도 극복하기 위해서는 더 오래 치료받아야 했다.

근육을 깨우는 물리치료는 고통을 수반한다. 치료를 시작하면 아이는 "엄마!"를 부르며 울음을 터뜨렸다. 그런 아이를 볼 때마다 고개를 돌려 눈물을 꾹 참았다. 치료사는 아이의 관심을 돌리기 위해 시끄럽고 요란한 장난감을 사용했다. 자극적인 장난감은 힘든 시간을 견디게 하는 대신, 정적인 놀이에 마음을 두지 못하게 했다. 치료의 효과는 얻었으나, 그 대가는 고스란히 남았다. 마치 영상에 길들여진 아이가 책을 외면하는 것처럼…. 그러나 좌절하지 않았다. 아이가 책에 눈길 한 번이라도 더 줄까 싶어, 책을 펼 때마다 온몸으로 구연동화를 펼치고, 목이 쉬도록 읽고 또 읽어주었다. 그러던 어느 날, 아이가 책을 거꾸로 들더니 책 내용을 혼자 조잘거리는 것이 아닌가. 그 모습을 마주한 순간, 벅찬 감동이 밀려왔다. 비로소 아이는 책과 친구가 된 것이다.

둘째 아이가 태어나고 7년 동안 우리 집에는 TV가 없었다. 그 덕분에 아이들은 책과 더 가까워졌다. 아이들을 위한 선택이기는 했으나 우리 부부에게는 고난의 시간이었다. 세상 소식에 귀를 닫아야 했고, 때론 평범한 대화에서도 소외감을 느낄 수밖에 없었다. 하지만 아이의 눈길이 책을 향하고, 입에서 새로운 단어가 흘러나올 때마다 의미 있는 노력이라는 것을 확신했다.

발달 치료는 거기서 끝나지 않았다. 작업치료, 언어치료, 심리치료, 인지치료, 감각치료, 그룹치료를 했고, 치료를 위해 종합병원, 재활전문병원, 장애인복지관을 찾아다녔다. 경쟁률이 치열한 장애인복지관은 해마다 심사와 추첨을 통해 치료 대상을 선정했고, 순위에서 밀리면 다른 기관을 찾아다녔다. 가는 곳마다 치료사의 입에서 종결이라는 말이 나올 때까지 쉼 없이 달렸다. 그렇게 아이의 치료를 위해 나의 시간을 바쳤다. 나의 모든 시간은 아이 중심으로 돌아갔고 나를 위한 소소하고 작은 기쁨조차 허용되지 않았다. 그렇게 나를 돌보지 못하는 시간이 길어지면서 마음에 깊은 균열이 생기기 시작했다. 나라는 존재는 희미해져 갔고, 스스로를 지탱할 힘도 없이 깊은 우울의 늪으로 빠져드는 것만 같았다.

그렇게 나를 잃어가는 가혹한 시간 속에서도 멈추지 않고 걸었다. 그저 아이를 위하는 마음 하나로 시간을 건넜다. 망망한 시간을 건너는 동안, 나는 아이가 기댈 수 있는 한 그루 나무가 되기를 바랐다. 힘겹던 시간도 견디다 보니 결국 흘렀고, 더디 자랄 것만 같던 아이를 어느새 스물한 살이 되었다. 작은 성장을 향한 힘겨웠던 동행은 그 한 걸음 한 걸음이 모여, 바리스타를 꿈꾸는 아이로 성장시켰다.

절대적인 헌신의 시간은, 때론 자신을 잃어버린 듯한 상실감과 깊은 우울감을 동반한다. 그 허무함 앞에서 삶은 버티는 것조차 버겁기만 하다. 그러나 아이에게 바친 시간과 희생은 결코 헛되이 사라지지 않았다. 내가 쏟아부은 땀과 눈물의 시간을 먹고 아이는 세상을 버티며 살아갈 튼튼한 뿌리를 키워냈고, 그 뿌리 위에 자신의 꿈을 단단히 세워갔다.

어쩌면 삶이란, 이처럼 무엇인가를 위해 기꺼이 희생하는 지난한 과정의 연속일지 모른다. 그 길 위에서 우리는 때로 쓰린 상실감을 겪지만, 그럼에도 묵묵히 걷다 보면 그 걸음이 모여 소중한 이들을 더욱 단단하게 만들고 깊은 결실을 보게 한다. 그리고 마침내 삶의 진정한 의미와 빛나는 가치를 깨닫게 한다.

교회에서 아이와 같이 놀던 남자아이가 갑자기 자기 엄마에게 쪼르르 달려가 진지하게 물었다. "엄마, 근데 쟤는 왜 머리가 저렇게 커?" 그러자 아이 엄마는 조금도 당황하지 않고 대답했다. "응, 아파서 그래."

수두증 수술을 했지만, 아이의 머리는 여전히 보통의 아이들보다 컸고, 그 다름이 아이의 눈에도 보였다. 아이는 그저 순수한 마음으로 질문을 던졌을 뿐인데, 그 솔직한 한마디가 나의 깊숙한 곳을 찔렀다.

나는 상처를 품고 사는 사람이었기에, 아이의 순수한 말 한마디를 별스럽지 않은 말로 넘길 수 없었고, 그 한마디는 비수가 되어 꽂혔다. 아픔이 클수록 작은 충격도 깊은 곳까지 전달되는 법이다. 나는 아이의 질문이 누구를 해할 의도가 없다는 것을 알면서도 유독 쓰려했고, 담담한 아이 엄마의 태도마저 아픔으로 오래 기억했다. 그녀는 '장애'라는 말이 아닌 '아픈 아이'라는 단어로 나름의 배려를 보였지만, 그녀의 말투에서는 아픔에 대한 공감도 측은함도 찾아볼 수 없었다. 나는 '차라리 모른 척 넘어갔다면 좋았을 것'이라는 말을 입 밖으로 꺼내지도 못하고 그저 씁쓸함을 삼켰다.

나는 내 아이를 바라보는 사람들의 시선이 무서웠다. 모르는 사람은 더했다. 아이와 함께 걸으면 어떤 이는 그냥 지나치지 못하고 고개를 돌려 무언가를 발견한 듯 눈을 크게 뜨고 아이를 살폈고, 어떤 이는 과감하게 어디가 아프냐 물었다. 어떤 이는 아이를 향해 손가락질하며 속닥거렸다. 머리가 크고, 걷지 못하고, 어딘가 이상해 보이는 아이를 바라보는 사람들의 시선은 내게 두려움이 되었고, 그렇게 내 안에 자리 잡은 두려움은 사람들의 시선을 먹고 점점 더 거대해졌다. 따가운 시선을 느낄 때마다 마음 깊은 곳에서 피눈물이 흘렀다. 당장이라도 그 자리에서 도망치고 싶었고, 이 세상에서 사라지고 싶었다. 지금 보면 대부분은 그저 별스럽지 않은 관심이었고, 호기심이었고, 무지에서 오는 오지랖일 뿐인데, 나는 혼자 오래 아파했고, 그들을 두고두고 미워했다. 아이에게 정성을 다하는 엄마로 살았지만 하루하루가

고되고 힘겨웠다. 작은 충격에도 나는 눈물바다에서 헤어나지 못했다.

둘째 아이가 태어나면서 깊은 고민에 빠졌다. 우리 부부가 죽고 나면 둘째 아이는 어쩔 수 없이 언니의 보호자가 되어야 한다. 거역할 수 없는 현실이라도 딸에게까지 무거운 마음을 물려주고 싶지 않았다. 나의 무거움을 물려주지 않으려면 내가 먼저 가벼워져야 한다고 생각했다. 그 이후로 나는 아픔을 대하는 태도에 변화를 주려 노력했다. 매번 예상치 못한 어려움은 닥치지만, 아픔은 극복할 대상이 아님을 인정하고 마음에 담지 않으려 애썼다. 그러자 내 안의 아픔이 조금씩 가벼워져 갔다. 어깨에 짊어진 무게가 가벼워지자, 내면의 소리에 귀 기울일 여유가 생겨났다. 그리고 비로소 깨달았다. 나를 괴롭혔던 아픔은 타인이 아닌, 내 안의 매서운 시선으로부터 시작되었다는 것을….

아이가 아프지 않길 바라는 것은 욕심이었다. 평생 지고 살아가야 할 현실이 버거웠기에 아이의 장애를 인정하고 싶지 않았던 모양이다. 아이의 장애를 받아들이고, 욕심의 짐을 내려놓고 보니 마음이 한결 가벼워졌다. 또한 아이의 장애를 타인 앞에서 부끄럼 없이 인정했더니, 타인의 시선이 더 이상 두렵지 않게 되었다.

둘째 아이는 중학생인 지금도 "우리 언니는 장애가 있어요."라는 말을 스스럼없이 한다. 분명히 아프고, 힘들고, 불편하지만 둘째 아이는 언니의 특별함을 있는 그대로 받아들인다.

마음의 상처가 회복되려면 먼저 상처를 바라보는 내 시선이 바뀌어야 한다. 타인의 편견에 다치지 않으려면 내 안의 편견부터 지워야 한다. 나는 오래 아픈 끝에야 내가 아이를 부끄러워했고, 눈에 보이지 않는 잣대로 차별하고 있다는 사실을 인정했다. 바깥에서 온 충격이 나를 무너뜨린 줄 알았지만, 실은 나를 찌르는 가시가 내 안에 있었다.

삶은 예고 없이 아픔을 데려오고, 불청객은 오래 머문다. 그러나 그 아픔마저도 내 삶의 일부임을 받아들이는 순간, 어제보다 가벼운 오늘이 시작된다. 많은 고통은 타인이 아니라 나의 시선에서 비롯된다는 깨달음… 그 사실이 나를 자유롭게 했다. 그리고 그 자유는, 내가 가장 먼저 나 자신에게 다정한 어른이 되게 하는 첫걸음이 되었다.

사랑은 머리가 아닌 가슴으로 기억한다

나 어릴 적, 엄마는 어린 자식을 등에 업고 일해야 할 만큼 바빴다. 그 어린 자식은 누가 재워주지 않아도 엄마 등에서 놀다 조용히 잠들었고, 우리 4남매는 그렇게 자랐다. 그래도 아주 가끔 엄마가 동생에게 자장가를 불러주는 것을 들은 적 있다. 엄마의 자장가는 '자장자장'으로 시작해 '꼬꼬닭'과 '멍멍개'가 등장하는 민요였다. 그때 나는 노랫말에 담긴 정겨움보다 그저 무한 반복되는 밋밋한 리듬의 지루함을 먼저 느꼈다. 그래서 미래의 내 아이에게는 특별한 자장가를 불러주고 싶었다.

아이는 수두증 수술 이후 경과를 보기 위해 정기적으로 MRI 검사를 했다. 그런데 MRI 검사를 위해서는 또 세 가지 관문을 통과해야 했다.

첫 번째 관문은 검사 중 조영제 투여를 위한 정맥주사를 꽂는 일이었다. 여전히 쉽지 않은 '혈관 찾기'는 아이 얼굴이 눈물과 콧물로 범벅이 되고 나서야 끝났다.

두 번째 관문은 수면제를 먹이는 일이었다. MRI 촬영은 소음이 발생하는 비좁은 기계 안에서 몸이 묶인 채 진행하는 검사로 대부분의 아이는 무서워 울음을 터뜨린다. 그런 이유로 의사는 수면제를 처방하지만, 어느 부모가 어린아이에게 수면제를 먹이고 싶을까. 전날 늦게 재우고, 당일에 일찍 깨워 약 없이 아이를 재워보려 했다. 그러나 아이는 귀신같이 알고 절대 잠들지 않으려 했다. 어쩔 수 없이 약을 먹이게 되었지만, 약 먹이는 일도 만만치 않았다. 어린아이는 입안에 익숙하지 않은 무언가가 들어가면 뱉고, 울고, 토한다. 그냥 꿀꺽 삼키면 좋으련만, 아이는 사약을 받아 든 억울한 죄인처럼 필사적으로 저항했다. 나는 그런 아이의 입을 억지로 벌리고 약을 먹이는 매정한 엄마가 되어야 했다. 둘의 씨름이 길어지면 아이는 약뿐 아니라 아침에 먹은 음식까지 죄다 토해냈다. 쉰내 나는 옷을 갈아입히고 내 옷은 대충 물티슈로 닦았다. 그리고 다시 약을 받아와 삼킬 때까지 씨름을 계속했다. 우는 것조차 힘들어지면 아이는 결국 약을 삼켰다.

세 번째 관문은 아이를 재우는 일이었다. 수면제 먹기 씨름에서는 패배했더라도 절대 잠들지 않겠다는 의지를 보여주려 아이는 내내 칭얼댔다. 어느 날은 한 시간이 넘도록 잠들지 않아 뒷사람과 순서를 바꾸다 결국 포기하고 집으로 돌아간 적도 있었다.

아이는 잠귀가 밝고, 낯가림도 심해 어딜 가든 잠투정을 했다. 매번 잠들지 않으려는 아이를 재우기 위해 나는 자장가를 부르기 시작했다. 어릴 적 로망과는 다르게 자장가가 아이를 재우기 위한 수단으로 전락했지만, 어찌 됐든 아이를 위한 특별한 자장가를 불러주고 싶은 마음은 여전했다. 그런 마음을 고이 담아 곡을 선정했고, 아이를 위한 특별한 자장가로 '산골 소년의 사랑 이야기'와 '마법의 성'을 골라 5년을 하루도 빠지지 않고 불러주었다. 그러나 아이는 엄마의 다른 노래는 좋아해도 정작 자장가만큼은 좋아하지 않았다. 잠드는 것을 유독 싫어했던 아이는 아무리 사랑과 정성을 듬뿍 담아도 자장가만 부르면 몸을 비틀며 짜증을 부렸다. 안타깝게도 나의 특별한 자장가는 아이에게 지겨움으로 남았다.

아이는 뇌의 소실로 기억력이 좋지 않다. 많은 것을 기억하지 못하고 사람도 금세 잊는다. 아이가 열여덟 살이던 어느 날, 자장가 이야기를 글로 쓰면서 나는 아이에게 물었다. "엄마가 너 어릴 적에 잘 때마다 자장가 불러줬는데 기억나니?" 아이는 한참을 생각하더니 대답했다. "아니, 기억 안 나는데." 대답은 그리했지만, 노래를 들으면 혹시 기억할까 싶어 직접 불러 주었다. "잘 들어 봐! 풀잎새 따다가 엮었어요 ~ 예쁜 꽃송이도 넣었구요~ 그대 노을빛에 머리 곱게 물들면~ 예쁜 꽃모자 씌워 주고파~"

엄마의 노래를 듣던 아이는 고개를 갸웃하는가 싶더니 금세 밝게 웃어 보였다. 아이의 반가운 웃음에 "왜? 기억나?"라고 물으니 아이는 기대에 부응하지 못함을 미안해하며 "아니, 가사는 기억 안 나는데, 음은 기억나는 것 같아."라고 하길래 다시 물었다. "너 그때 자는 거 진짜 싫어했거든, 엄마가 너 재우려고 이 노래 매일 불러줬는데, 엄마가 불러준 자장가는 어땠어? 좋았어?" 아이는 멋쩍게 웃을 듯 말 듯 입을 씰룩거리며 고개를 끄덕였다. 그리고 엄마가 부르는 자장가의 음을 흥얼거리며 따라 부르며 행복한 미소를 지어 보였다. 자는 것이 지겨워 자장가도 지겨워 한 줄로만 알았는데, 그 순간을 떠올리며 행복한 미소를 지어 보이는 아이를 보며 울컥하는 마음에 괜히 눈가가 촉촉해졌다. 아이는 엄마의 자장가를 따뜻함으로 기억하고 있었다. 나의 노력이 헛되지 않았다는 생각이 묘한 안도감을 주었다.

아이가 가사는 기억하지 못해도 행복감을 느낀 건, 자장가가 아이의 감정 기억 속에 '엄마의 따뜻한 사랑'으로 깊이 박혀 있었기 때문일 것이다. 사랑은 어쩌면 사실의 나열이 아니라, '감정이라는 언어로 쓰인 기억'인지도 모른다. 자장가는 아이를 재우는 것 이상의 의미였을 것이다. 엄마의 따뜻한 목소리, 온화한 표정, 등을 두드리는 손길에서 정서적 유대감을 느꼈을 것이다. 자장가는 어떤 곡을 선정하느냐가 중요한 것이 아니라 무엇을 담느냐가 중요한 것이었다.

사랑받은 기억을 떠올리면 가슴 깊은 곳에서 온거가 차오른다. 감정은 단순한 기억이 아니다. 그때 아이는 잠들기 싫다며 칭얼댔지만, 나의 자장가는 아이의 긴장과 스트레스를 풀어주고, 종일 우느라 고단했던 하루를 위로하는 따뜻한 기억으로 남았을 것이다. 어쩌면 사랑은 머리가 아닌 가슴으로 기억하는 것일지도 모른다. 사랑이 그렇게 보이지 않는 감정의 형태로 우리 안에 자리 잡으면, 기억이 희미해져도 절대 사라지지 않고 우리를 지탱해 줄 것이다.

우리의 머리로 모든 것을 기억할 수는 없다.

하지만 누가 자신을 사랑했는지는

가슴이 오래 기억한다.

그때는 몰랐고,
이제는 안다

—

눈 뜬 모든 순간

아니, 눈 감은 순간까지도

나라는 존재는 덧없이 지워지고

아이의 엄마로만 존재했다

어둡고 차디찬 스물아홉의 동굴,

꽃 한 송이 피어나지 못한 곳

외로움의 적막을 깨트리지 못하고,

닳고 닳도록 제자리만 맴돌았다

시간을 견디고 너를 견디려 종일 TV만 틀어준 날은

죄책감이 나를 할퀴고, 날카로운 비명을 삼켰다

엄마의 자리가

이토록 고달픈 자리였음을
이토록 뼈저리게 가혹할 것을 진작에 알았더라면
도망이라도 쳤을 텐데

창밖 은행나무는 아직 노랗다
이놈에 가을, 질기게도 오래간다
길의 끝은 어둠뿐이고, 가혹한 시간은 고통에 침묵하며
더디게, 그리고 무겁게 흘렀다

내 안은 잿빛인데
창밖은 온통 선명한 빛으로 곱다
매 순간 산산이 부서져 앞으로도 뒤로도 가지 못하고
지독한 악몽처럼 그저 시간을 견뎠다

그때는 몰랐다
어둠의 끝에는 반드시 출구가 있고
살다 보면
희망의 빛이 조용히 스며드는 날도 온다는 것을

그때는 몰랐다

찬란함을 가득 품은

마흔아홉이 기다리고 있다는 것을

이제는 안다

그때의 나는, 굽이진 세월의 틈을 뚫고 피어난

작고 강인한 풀꽃이었음을

겨우 스물아홉으로 모진 계절을 견뎌낸

끈질긴 생명이었음을

마흔아홉의 내가

스물아홉의 가녀린 어깨를 안고 토닥였다

고마워, 네가 있었기에 내가 있어

걱정 마, 너도 알게 될 거야

온전함을 찾는 날이 온다는 것을

남편은 큰일이 터지면 그 일에만 매몰되어 과하게 몰아치는 경향이 있다. 아이가 아프고부터 남편은 아이의 불확실한 미래로 인한 걱정이 컸고, 어떻게든 책임져야 한다는 마음으로 퇴근 후에도 졸음을 참아가며 새벽까지 일에 몰두했다. 그 과도한 책임감이 자신을 극한 상황으로 내몰았고, 더 잘해야 한다며 채찍질하게 했다. 그리고 내게도 그것을 강요했다.

남편은 내가 모든 사람과의 관계를 끊기를 원했고, 24시간 아이에게만 집중하기를 바랐다. 남편의 방식이 과하다는 것을 알면서도 나는 그의 말을 따랐다. 장애라는 어마어마한 벽 앞에서 내가 할 수 있는 일은 그저 최선을 다하는 것뿐이라 생각했다. 그러나 누구와도 소통하지 못하는 고립된 생활은 내게 우울증을 가져다주었고, 삶의 의미를 잃게 했다. 나는 마음을 붙들지 못하고 밤마다 하염없이 울었다.

남편은 그런 나를 보며 아무리 힘들어도 마음에 환기가 필요하다는 것을 깨달았다. 남편은 내게 취직을 권했고, 시골에 계신 어머니에게 아이를 봐 달라고 부탁했다. 어머니가 올라오시고 지인 회사에 취직해 짧은 시간이나마 아이와 떨어져 있는 시간을 가졌다. 출퇴근 버스에서 보내는 20분은 너무도 달콤했지만 순식간에 사라지는 솜사탕 같은 아쉬움이었다. 내내 잠수만 하다 겨우 물 밖으로 머리를 내밀고 가쁜 숨을 몰아쉬는 고래의 호흡이 이리 달콤할까. 무언가 열심히 하지 않아도 쫓기지 않는 여유의 시간, 멈춤에 대해 누구도 나무라지 않는 자유로운 시간이었다.

스쳐 흐르는 창밖 풍경은 매 순간 그림이었고, 귓가를 맴도는 노랫말은 나의 마음이었다. 열린 차창으로 들어와 무심하게 머리칼을 어루만지는 바람이 소중했고, 그렇게 잠시 숨을 트이는 것만으로도 살 것 같았다. 그러나 나의 달콤한 시간은 2주 만에 끝났다.

어머니는 아들 부부가 힘들어하는 모습을 보고 마음이 아프셨는지, 다시 시골로 내려가셨다. 시골로 내려가시기 전

어머니는 내게 말했다. "아가, 내가 이리 보니까, 네가 애를 얼마나 정성스레 키우는지 알겠다. 너는 내가 애 넷을 키운 것보다 하나를 더 어렵게 키우더라." 그 말은 처음 듣는 말이 아니었다. 가족들도 말했다. 너는 왜 그렇게 애를 힘들게 키우느냐고. 그렇게 이것저것 다 싸 들고 다니면서 애쓰지 말고 적당히 하라고. 나도 내가 유난스러울 정도로 아이를 어렵게 키운다는 것을 알고 있었다. 정성도 적당히 들여야 하고, 나를 지치지 않게 돌보며 아이를 키워야 했다. 하지만 그때 나는 나를 돌볼 마음의 여유가 없었다. 그렇게 정성을 다해야만 아이가 좋아질 것만 같았고, 내가 할 수 있는 능력의 한계를 한참 넘어섰음에도 늘 나를 부지런히 다그쳐야만 할 것 같았다. 그저 잠시 숨 쉴 여유만 있으면 충분한 줄 알았다. 마음의 병이 무서운 줄 모르고…. 그러니 가족들의 조언도 그저 핀잔으로 들렸다.

그런데 어머니의 말은 핀잔으로 들리지 않았다. 왜 그랬을까? 친정이나 시댁 식구들은 장애가 있는 우리 아이에게 살갑게 대하면서도 안쓰러워했고, 아파했고, 조심스러워했다. 그러나 어머니는 달랐다. 아픔보다 사랑이 컸고, 장애가 있는 손녀도 다른 손주들과 똑같이 대했고, 다른 사람들 앞에서 손녀를 부끄러워하지도 않았다. 가까이서 지켜보니 그 마음의 온도가 느껴졌고 '아이 넷을 키운 것보다 하나를 더 어렵게 키운다'라는 말이 핀잔이 아닌 위로로 들렸다. 네가 얼마나 힘든지 안다는 말로 들렸고, 애쓰며 노력하는 것에 대한 인정으로 들렸다. 그 말이 나를 울게 했고, 혼자가 아니라는 것을 알게 했다. 그리고 그때 내게 정말 필요한 것은 따뜻한 위로였다는 것을 알게 되었다.

고통받는 이에게 필요한 것은 해결책이 아닌 '인정'과 '위로'일지 모른다. 대단한 무언가가 필요한 것이 아니라 그저 아픔을 알아주고, 위로의 말로 곁을 지킨다면 그것으로 충분할 것이다. 그 진정 어린 말 한마디가 누군가를 일으켜 세우고, 버티게 하고, 이겨낼 힘이 되어줄 것이다.

누군가의 아픔 앞에서
우리가 할 수 있는 일은 많지 않다.
"그래, 그랬구나…"
그렇게 그저
그 마음을 알아주는 것뿐이다.

왈츠처럼,
우리

―

나는 죽고 싶었다.

다시 아이와 둘뿐인 감옥에 갇힌 것 같았다. 우울증은 점점 심해져 하루가 멀다고 감정의 늪에 빠져 헤어나질 못했다. 그러다 어느 날부터는 어떻게 죽을 것인가를 고민하기 시작했다. 창문 밖으로 뛰어내리면 나뭇가지에 걸려 부상만 클 뿐 죽지 않을 것 같았다. 옥상에서 뛰어내린다는 생각으로 아래를 내려다보니 아찔했다. 여기서 뛰어내리면 머리가 깨지고 온몸의 뼈마디가 부러지는 고통을 그대로 느낄 것 같았다. 농약을 마시면 식도와 위가 타들어 가는 고통을 겪게 된다고 했고, 요즘 수면제는 독성이 없어 죽지도 않는다고 했다. 목을 매는 것은 물속에서 숨을 참다가 죽는 것과 다를 게 없었다. 아빠부터 친구까지 내가 아는 사람들은 죄다 물속에서 죽었다. 숨 막혀 죽는 것은 죽는 것보다 더 싫었다. 이래저래 고통 없이 죽는 방법을 찾기 어려웠으니, 죽는 것도 쉬운 일은 아니었다. 설사 죽음의 고통을 감수한다 해도 실패하면, 이전보다 더한 고통의 삶을 감당해야 한다는 것을 알고 있었다. 그런데도 우울증은 매일 어떻게 죽을 것인가를 고민하게 했다.

그러다 '내가 죽으면 아이는 어쩌지?'라고 생각했다. 뉴스에서 아이를 안고 뛰어내린 부모 이야기가 내 일처럼 느껴졌다. 죽음으로 자신은 끝이지만, 홀로 남을 아이의 혹독한 삶이 그들에겐 더 큰 걱정이었을 것이다. 나는 그리 이해했다. 그러나 아이가 그 마음을 알까? 아이는 자신의 의사와는 상관없는 부모의 선택이 공포스러울 것이다.

아이를 살려달라며 절박하게 기도할 때는 언제고 이제와 죽을 궁리만 한다니, 하나님 입장에서 보면 기가 찰 노릇이지만, 우울증이 그렇다. 밑도 끝도 없이 죽고 싶어진다. 그 감정의 소용돌이에 휘말리면 이성은 온데간데없고 그저 죽느냐 사느냐만 남는다.

우울한 생활이 일상이 되면서 나름의 우울증 극복 방법을 찾게 되었다. 내가 터득한 우울증 극복 방법의 하나는 영화를 보는 일이었다. 영화를 보는 동안은 잠시 내 삶을 벗어나 다른 이의 눈으로 세상을 보게 된다. 내게 일어난 일을 새로운 관점에서 보게 되고, 때론 힘겹던 일조차 별일 아닌 것처럼 느껴지곤 했다. 다른 이의 삶을 보며 '그래도 이 정도면 살 만하구나.'라며 위로받았다. 그렇게 내 안의 닫힌 생각으로부터 탈출하기 위해 우울할 때마다 영화를 보며 삶의 무게를 덜었다.

어느 날은 〈번지점프를 하다〉를 보고, 주인공이 왈츠를 추던 장면이 떠올랐다. '쇼스타코비치의 왈츠 2번 곡' 멜로디를 흥얼거리다, 나도 모르게 혼자 뱅그르르 돌며 몸을 움직여 보았다. 왈츠를 혼자 추려니 흥이 나질 않았다. 엄마가 무엇을 하는지 궁금해하는 아이에게 대뜸 물었다.

"엄마랑 춤출까?"

아이는 마치 기다리고 있었다는 듯, 기대하던 일이 벌어졌다는 듯이 힘차게 고개를 끄덕이며 대답했다.

"응!"

키가 작은 아이를 위해 엉거주춤 허리를 숙이고 양손을 잡고 발을 움직이는 법을 가르쳤다.

"자! 이렇게 손을 잡고, 엄마를 따라 발을 움직이는 거야."

“네.”

“하나 둘 셋. 하나 둘 셋. 쿵 짝짝. 쿵 짝짝.”

“와하하.”

그게 뭐라고 아이는 시작부터 깔깔대며 목을 뒤로 젖혀 웃다 넘어질 뻔했다.

“어. 그렇게 몸을 뒤로하면 다쳐. 자, 엄마 발을 보고, 이렇게 돌고~ 돌고, 또 돌고~ 돌고. 할 수 있겠어?”

“몰라.”

아이는 모른다면서 뭐가 그리 신나는지 해맑게 웃었다.

“그럼, 다시 해보자. 엄마 손 잡고, 발맞춰 하나 둘 셋, 하나 둘 셋, 하나 둘 셋, 하나 둘 셋, 빠~ 바바밤, 빠바 빠바바 빠~ 바 빠~ 밤. 돌고~ 돌고~ 계속~ 돌아요~”

“으하하.”

아이의 발은 내 발을 따라오지 못하고 계속 발등만 밟았다, 엄마 발을 밟는 것이 뭐가 그리 재미있는지 아이는 소리 높여 웃었다. 그 모습이 너무 행복해 보여 도리어 미안했다. 아이는 이렇게 웃는데, 나는 왜 웃지 못할까? 아이는 작은 일에도 행복해하는데, 나는 왜 행복하지 못한 걸까? 엄마가 되어서 굳세지 못하고, 어떻게 죽을까만 고민하고 있으니 아이의 미소와 대조되는 나의 고민이 부끄럽고 미안했다. 아이는 웃고 나는 속으로 울었다. 마주 잡은 손이 따뜻해서 울고, 온기 가득한 순간이 소중해서 울었다.

우리는 이후로도 가끔 엉망진창, 제멋대로인 왈츠를 추었고, 아이는 그때마다 함박웃음을 지었다. 나는 왈츠를 추며 생각했다. '그래, 우리 이렇게 춤추듯 살자. 잘하지 못해도 괜찮아. 마주 보고 웃을 수 있으면 됐지. 죽지 말고 이렇게 서로를 향해 웃자.'

다정한 어른이 된다는 건… 완벽해지는 일이 아니라 끝내 서로를 향해 웃어 주는 일일 테니.

《논어》를 보면 "사랑하면 그가 살기를 바란다(애지욕지생)."라는 말이 있다. 누군가를 사랑하는 일은 그의 생명을 지켜주는 일이고, 사랑하는 사람을 위해 내 생명을 지키는 일이다. 아이가 잘 살기를 바라며 그 생명을 지키고, 아이를 살리기 위해 나도 살기로 했다.

너 때문에 힘들다고 원망치 않을게

너 때문에 어쩔 수 없이 산다고 말하지 않을게

네가 살기를 바라며 내가 사는 거지

너로 인해 삶이 완성되는 거지

그런데 아가, 엄마가 자꾸 고꾸라져서 미안해

가시밭길이 버거워서 그래

힘들면 잠시 넘어졌다가 일어날게

그래도 반드시 일어날게

그러면 우리 오늘처럼 웃자

오늘처럼 춤추듯 살자

3장

•

겨울

매서운 바람을 품고도,
꺼지지 않는 온기를 지킨다는 것

다정한 어른이 된다는 것은

아무것도 자라지 않는 것 같은 겨울에도,

보이지 않는 곳에서 마음의 뿌리를 돌보는 일이다.

——

요란한 찬바람이 남겨진 가을을 떨구고
기어이 외로움을 할퀴어도
얼어붙은 대지는 산산이 부서질지언정
풀뿌리를 하염없이 붙든다

감당 못 할 어둠이 모든 것을 삼키듯 휘몰아치던 밤
사정없이 세상은 위아래로 진동했다
메마른 가슴만 갈라진 채 홀로 남아
발자국도 없는 새하얀 눈밭을 뒹굴었다

절벽 끝에 선 위태로움
힘없이 바스러지던 너의 숨소리
차마 너를 놓을 수 없는 애끓는 사랑이

밤새워 너를 지키며 다시 일으켜 세웠다

절망이 피 끓는 고통으로 메아리치던 순간에도
기어이 일어나 불을 밝혔다
눈물로 얼룩진 심장이 얼어붙지 않기를 바라며
두려움을 태우고 꺼지지 않는 마음을 지폈다
그 온기를 가득 품었다

처마 끝에 내려앉은
겨울에게 속삭였다
옷깃을 파고드는 매서움에도
결국 봄은 올 거라고
기다림의 끝은
온통 꽃밭일 거라고

이 긴 밤이 지나고 나면
찬란한 아침이 오겠지
그러면
겨울잠에서 깨어난 봄을 맞아줘야지
설렘으로 기다렸노라 말해줘야지

겨울이 얼마나
추울지 모르고

가을이 가고 여지없이 겨울이 왔다. 그해 겨울은 유난히 혹독했다.

자정이 한참 지난 새벽 4시, 교회 일로 그래픽 작업을 마무리하던 중이었다. 피곤했고, 빨리 끝내고 자고 싶었다. 모두가 잠든 조용한 새벽, 딸각거리는 마우스 소리, 또각거리는 키보드 소리만 크게 들렸다. 그 때문이었을까 안방에서 자고 있던 아이가 어느새 옆으로 와 서 있는 것이 아닌가. 일을 다 끝내지 못하고 아이를 재우기 위해 안방으로 가 누웠다. 아이는 잠들기 싫다며 계속 칭얼댔고, 나는 아이를 토닥거리다 피곤함을 견디지 못하고 먼저 잠들었다. 얼마나 시간이 흘렀을까, 갑자기 무언가에 소스라치게 놀라 번쩍 눈을 떴다. 시계를 보니 겨우 30분이 흘렀을 뿐인데, 그 피곤한 와중에 어떻게 눈이 떠졌는지 모르겠으나 왠지 모를 불길함에 나는 아이를 살폈다. 아이는 두툼한 이불을 머리 끝까지 뒤집어쓰고 있었고, 이불속에서는 뻐끔거리며 거품 터지는 소리가 아주 작게 들려왔다. 깊이 잠든 와중에도 그 작은 소리를 듣고 잠에서 깬 모양이다. 뒤집어쓴 이불을 들춰보니 아이는 눈을 동그랗게 뜨고 있었다. 장난을 치는 줄 알고 안도의 한숨을 내쉬며, 왜 여태 자지 않느냐고 물었더니 아이는 아무런 대답이 없었다. 순간 등골이 서늘해졌다. 벌떡 일어나 불을 켜고 아이의 얼굴을 살폈다. 동그랗게 뜬 두 눈에는 초점이 없었고 벌어진 입에서는 작은 거품이 터지고 있었다.

"새봄아, 새봄아? 대답해 봐. 어? 새봄아! 왜 그래?"

아이는 내 말에 아무런 반응을 보이지 않았다. 뭔가 크게 잘못되었다는 것을 깨닫는 순간, 심장이 요동치기 시작했다. 옆에서 자고 있던 남편을 급히 흔들어 깨웠다.

"자기야! 자기야! 일어나 봐, 얼른."

남편이 놀라 어리둥절한 표정으로 일어나 앉았다.

"어? 왜? 왜? 무슨 일 있어?"

"새봄이가 이상해. 눈은 뜨고 있는데, 의식이 없어."

"뭐라고? 그게 무슨 소리야?"

남편의 얼굴도 사색이 되었다.

"얼른 119구급차 불러. 얼른! 급해! 빨리!"

119구급차는 7분 만에 도착했지만, 그 7분은 7년보다 길었고, 평생 잊지 못할 지옥 같은 시간이었다. 아이를 거실로 안고 나와 일으켜 세우려 했으나, 몸을 가누지 못하고 축 늘어졌다. 숨을 제대로 쉬지 못하는 것 같았다. '혹시 내가 잠든 사이 뭘 잘못 먹고 기도가 막혔나?' 하는 생각이 번뜩 들면서 눈앞이 하얘졌다. 기도가 막혔다면 1분 1초가 다급한 상황이었다. 아이가 숨을 참을 수 있는 시간은 채 몇 초도 되지 않을 텐데, 구급차가 도착하기 전까지 과연 버틸 수 있을까? 삼킨 이물질을 뱉어내도록 뒤에서 감싸 안고 복부를 압박하는 하임리히법을 하면서 혹시 내 말이 들릴까 쉬지 않고 아이 이름을 애타게 불렀다.

"으아아. 새봄아! 숨을 쉬어야 해. 제발 숨 좀 쉬어 봐! 아가, 정신 차려! 새봄아!"

그러나 응급처치하면 할수록 아이 입의 거품은 더욱 심해졌고, 얼굴은 핏기 하나 없이 창백해졌다. 이물질을 토하기는커녕 상태만 더 악화되고 있었다. 뭔가 잘못됐는데, 뭐가 잘못됐는지는 모르겠고, 어떤 조치를 해야 할지도 몰라 혼란스러웠다. 피가 바짝바짝 타들어 갔고, 온몸이 부들부들 떨려왔다. 시간이 멈춘 것처럼 모든 장면이 0.1초 단위로 머릿속에 촘촘히 기록되고 있었다. 거실 시계 초침의 재깍거리는 소리가 귀 옆에서 울리듯 선명했고 모든 감각이 날카롭게 곤두섰다. 숨이 넘어갈 것 같은 순간에도 야속한 시간은 여지없이 흘렀고, 상황은 전혀 나아질 기미가 없었다. 나는 생각했다. '오늘 내 앞에서 아이가 죽는구나!' 그렇게 모든 것이 무너져 내리고 있었다.

그런데, 뭔가 이상했다. 숨을 쉬지 못하면 얼굴이 파랗게 질릴 텐데, 아이의 얼굴은 여전히 하얗기만 했다. 벌써 3분이나 지났는데 아직 숨이 붙어 있었다. 조용히 모든 것을 멈추고 아이를 유심히 살펴보았다. 미약하게나마 숨을 쉬고 있는 것 같았다. 다행이었다.

구급대원이 남편에게 전화했다.

"곧 도착하니까 아이를 안고 내려오시는 것이 빠를 것 같아요."

남편은 아이를 안고 다급히 밖으로 뛰며 말했다.

"밖에 추우니까 외투랑 신발 챙겨."

겨울이었다. 아이의 외투와 신발 그리고 지갑을 챙겨 뒤

따라가니 엘리베이터는 이미 1층을 향하고 있었다. 지체할 것 없이 계단으로 뛰기 시작했다. 엘리베이터의 속도를 따라가려면 빨리 뛰어야 했다. 발을 헛디뎠지만 다행히 구르지 않고 한 번에 서너 개씩 계단 위를 날아 쏜살같이 1층에 도착했다. 그러나 내가 도착했을 때 아이와 남편을 태운 구급차는 이미 저만치 멀어진 뒤였다.

새벽이라 도로를 지나는 차가 없었다. 호출 택시도 새벽에는 전화 받지 않던 시절이었다. 자다 일어난 복장 그대로, 슬리퍼를 신고 옆구리엔 아이 옷과 신발을 들고 택시를 잡겠다고 뛰다가 슬리퍼 한쪽이 벗겨져 도로 위를 뒹굴었다. 뒤돌아 벗겨진 슬리퍼를 줍다가 그만 울음을 터뜨리고 말았다. 그러나 울고 있을 시간조차 없었다. 한시라도 빨리 아이 곁으로 가야 했다. 한참을 뛰다 지나가는 택시를 겨우 잡아타고

"아저씨! ○○ 병원 응급실이요."

"누가 아파요?"

"애가 실려 갔어요. 빨리 가 주세요."

남편은 휴대전화 없이 나갔고, 아이는 어느 병원으로 실려 갔는지도 모르지만, 응급실행이 처음은 아니라 어디로 갔을지 짐작할 수 있었다. 나는 택시 안에서 안절부절못하

고 발을 동동 구르며 기도했다.

"제발! 제발! 아무 일 없게 해 주세요. 하나님 제발! 제발! 제가 잘못했어요. 다시는 죽는다는 소리 안 할게요. 제발 아이 좀 살려주세요."

나는 아이에게 무슨 일이 생기면 전부 내 탓인 것만 같았다.

택시에서 내려 응급실로 뛰어 들어가니 남편이 간호사에게 삿대질하며 고함을 지르고 있었다. 남편의 행동을 이해할 수 없었지만, 그보다 먼저 눈에 들어온 것은 아무런 처치 없이 침대 위에 덩그러니 누워 있는 아이였다.

"뭐 하는 거야? 왜 치료도 안 하고 그냥 눕혀놨어?"

남편은 내 물음에 대답하지 않고 여전히 간호사에게 화만 내고 있었다. 나는 다른 간호사에게 물었다.

"이것 보세요. 아니, 애가 숨이 넘어가는데, 왜 아무 조치도 안 하고 있어요?"

그러자 흥분한 우리와는 사뭇 다른 온도의 그녀가 침착하게 대답했다.

"진정하세요. 경기는 원래 그래요. 별로 해줄 수 있는 게 없어요. 옆으로 눕혀놨으니까 숨은 좀 편하게 쉴 거예요."

"이게 경기하는 거라고요? 진짜 경기 맞아요?"

"경기하는 거 맞아요. 경기하는 애들 많이 봐서 제가 알아요. 생명이 위독한 환자가 아닌 이상 환자 등록부터 하셔야 처치를 할 수 있고요. 저쪽 문으로 나가시면 응급실 원무과가 있거든요. 환자 등록부터 하고 오세요."

나는 그제야 남편의 행동이 이해됐다. 이러한 긴급한 상황에서 처치는커녕 환자 등록부터 하고 오라는 말을 듣고 어느 부모가 화내지 않을 수 있을까. 남편은 지갑도 없었고, 결정적으로 아이의 주민등록번호도 몰랐다.

아이가 죽는 줄로만 알았던 그 겨울의 새벽, 그 순간이 얼마나 무서웠는지 모른다. 그렇게 갑작스레 불어닥친 눈 폭풍은 우리의 세상을 하얗게 뒤덮었고, 겨울이 얼마나 추울지도 모르고 나는 또다시 덩그러니 응급실 한가운데 서 있었다. 그리고 그것이 길고 긴 싸움의 시작이라는 것을, 그때는 알지 못했다.

별이 뜨지 않는
밤에도

그날 응급실에 실려 가 아이는 주사를 맞고 금세 코를 골며 깊은 잠에 빠져들었다. 발작을 억지로 멈춰 잠들게 하는 강력한 주사였다. 아이는 세 시간을 자고 일어나더니, 신기하게도 아무 일 없었다는 듯 멀쩡했다. 생사를 오가던 공포의 순간이 불과 몇 시간 전인데, 너무 멀쩡한 것이 오히려 나를 불안하게 했다.

이후 뇌파 검사를 여러 차례 진행했고, 단순한 경기가 아닌 '발작성 뇌전증(간질)'이라는 진단을 받았다. 발작이 반복되면 습관성으로 굳어져 평생 견뎌야 했다. 뇌전증 발작은 아이에게 또 다른 문제를 일으켰다. 온몸이 경련할 때 호흡이 쉽지 않아 뇌의 산소 부족으로 지능 저하를 유발할 뿐 아니라, 쓰러지는 순간 심각한 부상까지 초래할 수 있었다. 그러니 습관성이 되지 않도록 횟수와 시간을 최대한 줄여야 했다.

그러나 발작은 점점 더 잦아졌다. 주로 새벽에 증상을 보이는데, 어느 날은 저녁을 먹고 목욕을 마치자마자 갑자기 어지럽다며 그대로 쓰러졌다. 처음으로 의식이 있는 상태에서 경련이 시작되었다. 나는 아이의 의식을 붙들기 위해 병원에 도착하기까지 계속 이름을 불렀고, 아이는 엄마 목소리를 알아듣지 못하는지 존댓말로 대답했다.

"새봄아! 새봄아! 내 말 들리니?"

"네."

"새봄아! 어지러워?"

"네."

"네 이름이 뭐지?"

"김새봄."

"너 몇 살이지?"

"…."

"새봄아! 내 말 들려?"

"네."

"많이 어지러워?"

"네."

"금방 병원에 도착할 거야. 조금만 참아."

"…."

"안쓰러워 어떻게 하니? 조금만 참아. 병원 가면, 금방 괜찮아질 거야."

아이는 미약하게나마 의식의 끈을 붙들었지만 온몸을 잠식하고 극심한 어지러움을 몰고 오는 뇌파에 시달려야 했다. 그 모습을 보는 내 가슴은 찢어질 듯한 아픔으로 가득했다.

다섯 살에 시작한 발작은 일곱 살이 되어서도 멈추지 않았다. 늦은 저녁 외식하고 후식으로 나온 사과가 소화되지 않은 상태로 잠든 날 밤, 어린이집 선생의 가벼운 장난으로 놀랐던 날 밤에도 발작했고, 깜빡 잊고 점심 약을 빼먹은 날, 어린이집 선생에게 혼나며 먹기 싫은 김치볶음밥을 울며 다 먹었던 날에도 아이는 여지없이 발작했다. 그날 응급실에서 찍은 복부 엑스레이에는 소화되지 않은 김치가 선명하게 찍혀 있었다.

119구급대원과 응급실 사람들이 "또 그 아이네."라며 알아볼 만큼 셀 수 없이 많은 새벽에 구급차에 몸을 싣고 응급실로 향했다. 그들은 반복되는 상황에 익숙해졌으나, 우리는 익숙해지지 않았다. 매 순간이 고통이었고, 매 순간 숨이 몇는 것 같았다. 아이가 실려 가는 상황에서는 단 한 번도 침착할 수 없었다. 왜 발작하는지, 어떻게 조치해야 하는지, 주사를 맞으면 금세 잠든다는 것까지 모두 알았고, 아이가 깨어나면 다시 일상으로 돌아갈 수 있었다. 그러나 그 모든 걸 알면서도 아이가 발작을 시작하면 매번 긴장했고, 심장이 요동치는 소리가 귓가에 선명했다. 행동은 침착하고 냉정했으나, 마음은 그렇지 못했다. 채 아물지 않은 상처를 칼로 찢기고 또 찢기는 듯했다.

발작할 때 아이에게서 나는 소리는 그저 입에서 터지는 작은 거품 소리뿐인데, 잠든 상태에서 그 미세한 소리를 포착하는 것은 결코 쉬운 일이 아니었다. 아주 작은 소리 하나 놓치지 않으려, 나는 코 고는 남편을 다른 방으로 보내고 아이 옆에 바짝 누워 귀 기울였다. 혹여나 깊이 잠들면 듣지 못할까 걱정스러워 30분에 한 번씩 일어나 아이를 살폈고, 어쩌다 잠시 깊이 잠들면 화들짝 놀라 깨어나 미친 듯이 두근거리는 심장을 애써 진정시켜야 했다. 아이가 발작을 시작하고부터 나는 10년이 넘도록 매일 가시밭 위에서 잠을 청했다.

처방받은 약을 먹어도 나아질 기미가 없어, 소아 뇌전증 치료로 명성 있는 의사를 찾아 서울의 큰 병원으로 향했다. 의사는 더 강력한 약을 권했다. 그러나 약을 바꾸는 일이 쉬운 일은 아니었다. 뇌전증 약은 워낙 강력한 만큼, 아주 미세한 양의 변화에도 뇌가 극도로 민감하게 반응한다. 그래서 단번에 바꾸지 못하고, 먹던 약은 조금씩 줄이는 동시에 새로운 약은 조금씩 늘려갔다. 그 약 한 가지를 바꾸는데 무려 1년이 넘는 시간이 소요되었다. 약을 바꾸는 동안에도 여러 번 응급실에 실려 갔으나, 약이 완전히 바뀌고 나니 발작의 빈도가 현저히 줄어들기 시작했다.

그 고맙고 강력한 약은 효과만큼 부작용도 컸다. 뇌전증을 일으키는 뇌파를 잠재울 뿐만 아니라 뇌의 전반적인 기능을 억압했다. 아이는 약을 먹는 7년 내내, 마치 머리에 커다란 돌덩이를 이고 다니는 사람처럼, 약의 강력한 지배를 받았다. 안타까울 정도로 온순해졌고, 모든 일에 소극적으로 바뀌었다. 약은 행동뿐 아니라 지능 발달에도 지장을 주었다. 아이는 늘 피곤했고, 극심한 장 기능 저하로 병원 신세를 지는 날이 허다했다. 하지만 그 모든 부작용이 발작으로 인한 부작용보다 차라리 나은 선택이었기에, 어쩔 수 없이 감내해야만 했다.

발작을 막기 위한 일은 약을 먹는 것으로 끝나지 않았다. 주의 사항이 수도 없이 많았다. 피곤, 스트레스, 음식, 운동, 생활 전반에 걸쳐 조심해야 했고, 이는 아이의 학교생활에 큰 지장을 초래했다. 또한 우리 가족은 여행은 물론이고 나들이 한 번 마음껏 하지 못했다. 약 먹을 시간을 놓치지 않기 위해 알람을 맞춰야 했고, 매일 같이 수첩에 약의 복용량과 시간을 꼼꼼히 기록해야 했다. 한순간의 실수가 치명적인 발작으로 이어질 수 있기에, 한 치의 흐트러짐도 허용할 수 없었다. 톱니바퀴가 맞물려 돌아가듯 기계처럼, 숨 막히도록 철저히 모든 주의 사항을 지켜야 했다.

그렇게 나는 본의 아니게 완벽주의자가 되어갔고, 그로 인한 스트레스와 중압감은 실로 상상을 초월했다.

아이를 지키기 위한 싸움은 너무도 벅차고 힘겨웠다. 그러나 나는 아무리 힘들어도 예전처럼 누군가를 탓하지 않기로 했다. 그래야 견딜 수 있었다. 그래야 나도 살고 아이도 살 수 있었다. 찬바람이 거세질수록 옷깃을 단단히 여미듯 모진 세월이 우리를 궁지로 내몰아도, 아이를 지키려는 나의 의지는 더 강해졌고, 얼어붙은 겨울 속, 나의 심장은 화로의 불꽃처럼 격렬히 타올랐다. 별이 뜨지 않는 밤에도 내 사랑은 멈추지 않았다.

　모든 부모는 아이를 키우며 수없이 넘어지고 무너지지만, 다시 일어서는 법을 배운다. 자신이 무너지면 아이를 지킬 수 없음을 깨닫는 순간, 나약했던 마음을 떨쳐내고 오직 아이를 위해 강인한 존재로 변모한다. 사랑하는 이를 지켜낼 진정한 어른으로 다시 태어나는 것이다.

별이 뜨지 않는 밤에도

사람은 길을 잃지 않는다.

마음속에

지켜야 할 것이 있기 때문이다.

숨죽여
곁을 지키는 마음

—

시련은 왜 한 번에 닥치는 걸까

시어머니의 항암이 시작되고
어머니는 날로 빛을 잃어갔고
남편의 슬픔도 깊어졌다
어두워진 그의 눈빛만큼이나

하루는 돈 벌어 땅 사드린다며 밤새워 일하고
하루는 왜 병원비도 없냐며 울었다
인생이 왜 이 모양이냐며 한탄했고
숱한 날, 술에 취해 비틀거렸다

매일 눈물이었다

그는
지옥을 걷고 있었다

어머니의 마지막이 가까울수록
남편의 슬픔이 화로 변했다
그 뜨거운 슬픔으로
자신을 불사르고
모두를 새까맣게 태워버렸다

위로하고 싶었으나 그럴 수 없었다
어떤 위로도 가 닿지 못했다

내가 할 수 있는 것은 없었고
그가 할 수 있는 것도 없었다
모든 것이 숨 막히도록 버거웠고
우리는, 내 자식 하나 건사하기도 힘들었다

그러나
모진 시련은 떠날 줄 모르고
오래도록 맴돌았다

세상은 불공평했고
할 수 없는 것 천지였지만

그저 잠잠히 기도했다
숨죽여 곁을 지켰다

사랑의
다른 얼굴

—

사랑은 때론, 전혀 예상치 못한 얼굴로 찾아온다.

기계 주차장이 있는 필로티 구조의 아파트 2층으로 이사를 하게 되었다. 바짝 붙은 앞 건물에 가려 빛 하나 들어오지 않는 집이었지만, 넓은 평수를 저렴하게 분양받은 것에 기뻐하던 이사 첫날밤, 집이 왜 그리 싸게 나왔는지를 그제야 알 것 같았다. 1층의 기계 주차장은 새벽에도 쉬지 않고 돌아갔고 바로 그 위에 지어진 우리 집은 소음과 진동이 그대로 전달되는 '하자 있는 집'이었다.

안방에 누우면 덜컹거리는 진동이 침대를 들어 흔드는 것만 같았다. 지쳐 잠들어도 시끄러운 기계 소리에 금세 깨어나 잠을 설치는 날의 반복이었다. 엎친 데 덮친 격으로 첫째 때보다 더 유난스러워진 입덧이 새집으로 이사 온 지 한

달 만에 나를 불쌍하리만치 수척한 상태로 만들었다.

남편은 진동과 소음을 고려하지 않고 준공 허가해 준 것에 대해 구청에 수차례 항의 전화를 했고, 계속된 항의 전화에 견디다 못한 구청 사람들은 결국 집으로 찾아와 소음을 측정하기에 이르렀다. 결과는 역시 생활 소음 기준을 웃돌았다. 그들은 측정 결과와 임산부의 건강 상태로 보아 생활에 어려움이 있음이 분명하다고 판단해 건설사와 합의할 것을 제안했다. 결국 구청은 우리 손을 들어준 것이다.

사실 분양사는 부도난 건물을 인수한 것이라 준공에 대한 책임을 묻기는 어려웠다. 하지만 명백한 하자에도 불구하고 고지 없이 분양한 책임은 물어야 했다.

하필 그때, 남편은 어머니의 투병으로 여전히 슬픔과 무력감 속에서 헤어 나오지 못하고 있을 때였다. 고통스러운 감정은 뜨거운 화로 응축되어 갔지만, 해소할 방법을 찾지 못해 자신의 감정을 제어하지 못하는 위태로움에 이르렀다. 그런데 그때, 마침 억눌린 모든 감정을 폭발시킬 명분과 대상을 찾은 듯 남편은 그동안 눌러왔던 분노를 '집 문제 해결'로 표출하기 시작한 것이다.

협상의 열쇠를 손에 쥔 남편은 의기양양하게 분양사 담

당자를 집으로 불렀다. 남자는 남편보다 스무 살은 족히 많아 보였다. 호랑이 굴에 제 발로 걸어 들어온 토끼 아저씨는 마주 앉은 남편의 삿대질에 한번 놀라고, 벼락같은 고함에 또 한 번 놀랐다.

"당신, 이 집. 이거 어떻게 할 거야? 어? 어디서 이따위 집을 돈 주고 팔아? 우리 부인 상태가 어떤지 눈이 있으면 한 번 봐봐. 임산부가 다 죽어가는 거 안 보여?"

남편이 다 죽어가는 임산부를 찾으니, 어쩔 수 없이 무거운 몸을 일으켜 거실 소파로 나와 앉았다. 그때 나는 어려서부터 한 번도 살쪄 본 적 없는 깡마른 체질을 유지하고 있었다. 거기다 입덧으로 한 달을 먹지 못했고, 하루가 멀다고 잠을 설쳤으니, 얼굴빛은 수척하다 못해 까맣게 변해 있었다. 제대로 걷지도 못하는 모양새는 영락없는 병자였고, 거기다 뱃속에 아이를 품은 임산부라니. 나의 초췌한 몰골을 눈으로 확인한 남자는 안색이 급격히 어두워지더니, 숨 한 번 제대로 쉬지도 못하고 남편의 기세에 몰려 점점 작아져 갔다.

남편은 여세를 몰아 결정타를 날렸다.

"보여? 어? 우리 부인 다 죽어가는 거 보이냐고! 뱃속에 내 새끼는 또 어쩔 거야? 어? 내 새끼 죽으면 당신이 책임질 거야? 책임질 거냐고!"

차마 입에 담을 수 없는 날카로운 말들이 남자의 뺨을 사정없이 후려갈겼다. 그는 말없이 모든 것을 받아내고 있는 듯 보였지만, 테이블 아래 감춰진 손이 사정없이 떨리고 있었다. 뭐라 참견할 힘도 없어 그저 지켜보고 있었지만, 과도한 분노를 오롯이 감당해야 하는 남자가 안쓰럽고 불쌍했다. 엄밀히 따지면 내 건강이 좋지 않은 이유는 소음보다 입덧의 영향이 더 컸다. 그러나 분양사도 잘못했고, 남편에게는 가족을 위한다는 명분이 있었으니 잠자코 있을 수밖에 없었다.

그 일 이후, 협상은 절대적인 승리로 끝났고, 분양사는 가장 전망이 좋은 로열층으로 재계약할 것을 약속했다. 나는 좋은 집으로 이사하는 것에 기뻐하면서도, 그날 식탁 아래 숨겨진 남자의 손을 오래 기억했고, 부부 사기단이 된 것 같은 쓸쓸함을 지울 수 없었다.

또한 그때, 남편의 대단한 분노를 달갑게 여기지 않았다. 때마침 분노할 명분과 대상을 찾았을 뿐이라 여겼다. 그리고 고층으로의 이사는 뜻밖의 전화위복이자, 태어날 아이의 복이라 여길 뿐이었다.

시간이 흘러 나 역시 아이를 지켜야 할 숱한 순간을 지나고, 또 고비마다 힘겹게 버텨온 삶을 뒤돌아보니, 그 모든 것에서 촉발된 남편의 분노는 단순한 화풀이가 아니었음을 알게 되었다. 그 분노는 어머니를 향한 슬픔이었고, 미안함이 만들어낸 자기 불안이었다. 비록 통제되지 못한 감정이었을지언정, 그 또한 소중한 생명과 가족을 지키기 위한 절박한 싸움이었고, 사랑의 또 다른 얼굴이었다.

어른이 되어간다는 것은, 그때는 미처 이해하지 못했던 마음의 사정을 시간이 지난 뒤에야 비로소 읽어내는 일인지도 모른다. 한 사람의 거친 말과 서툰 분노만 보던 자리에서, 그 아래 감춰진 두려움과 책임감까지 함께 보게 되는 것. 그리고 그 시선은 자연스럽게 내게도 향했다. 그날의 나는 타인의 떨리는 손을 안쓰러워하면서도, 정작 내 지친 마음은 제대로 돌보지 못했다. 이제는 안다. 삶의 거친 순간들을 지나오려면, 누구를 이해하는 마음만큼이나 나 자신에게도 다정해야 한다는 것을. 나를 몰아붙이는 대신 '그때도 최선을 다해 견디고 있었구나.' 하고 말해주는 마음, 어쩌면 그 마음이야말로 내가 되어가고 싶은 어른의 얼굴인지도 모른다.

가출은
처음이라

임신 5개월, 시어머니의 간암 전이 소식에
남편은 마른 땅 금 가듯 속절없이 무너져 내렸다
짙은 안개로 뒤덮인 슬픔, 바닥 모를 공허함을 잠잠히 헤
아리려 했다

그가 포효하는 사자가 되어 자신을 갈기갈기 찢고
가시 돋친 분노가, 매서운 발톱이 주위를 할퀼 때
나는 벽에 기댄 작은 그림자일 뿐이었다
품을 수 없었고, 견딜 수 없었다
결국 나는, 가출을 결심했다

지하철 안, 한 손엔 아이의 작은 손,
다른 한 손엔 버거운 짐

비틀거릴지언정 담담히 버티려 했다

하지만 자꾸 눈물이 뜨겁게 차올랐다

임산부에게 자리를 양보하지 않으려 자는 척 눈 감은 이
들이 미웠다

남편에겐 아무 말 못 하고, 쓸데없이 남의 자리를 두고 서
러워

목구멍까지 차오르는 울음을 꿀꺽 삼켰다

불 꺼진 집, 홀로 남겨진 그

감당할 수 없는 적막감이 짓무른 눈을 뜨게 할까?

당연했던 존재의 소중함을 뒤늦게나마 깨닫게 될까?

이참에 이혼이라는 것을 해 볼까?

어림없는 소리. 그럴 것 같으면 가출은 왜 하나?

일주일 치 짐을 싸 들고 친정으로 왔건만

처음의 분노는 어딜 가고, 집이 그리워

나흘도 못 버티고 다시 기차에 몸을 실었다

기차 안에서 며칠 만에 남편의 전화를 받았다

"처형한테 들었어. 데리러 가는 중이야."

"우린, 올라가는 중인데?"

남편은 차를 돌려 기차역으로 마중을 나왔다

집으로 오는 내내 묵직한 고요가 짙게 깔렸다

하고 싶은 말이 산더미였다

그렇게 살지 마라! 인간이 먼저 되어 봐라! 네가 나를 괴

롭힌 거 평생 기억할 거다!

말로만 후려쳐도 넉 다운시킬 수 있을 만반의 준비가 되

어 있었다

하지만 나는 아무 말도 하지 않았다

그 또한 말이 없었다

어떤 형식적인 대화도,

흔한 화해의 손짓도 오가지 않았다

말하지 않아도 알았다

반가워도 반길 수 없는 눈빛, 닿을 듯 말 듯한 온기

미안함마저 품은 정적이 우리 사이를 흘렀다

그날 우리는

천 마디 말 대신 침묵으로 서로를 감쌌다

묻지 않는 마음, 따지지 않는 손길로

금 간 자리를 덧대듯 함께 앉아 있었다

그래서였을까

그 후로 남편의 분노는 조금씩 제 숨을 고르고

나 또한 다시는 떠남으로 아픔을 말하지 않게 되었다

사람은 끝까지 견디다 보면 어느 순간, 더는 버티는 힘으로는 살아낼 수 없는 밤을 만난다. 그때 무너지는 것은 믿음이 아니라, 오래 참고 버텨온 마음의 마지막 껍질인지도 모른다. 나는 한밤중 응급실로 달려가던 그 새벽에야 알았다. 참는 것만으로는 지켜지지 않는 사랑도 있고, 때로는 울부짖는 절규조차 사랑의 한 얼굴이 된다는 것을.

약이 바뀐 이후, 아이의 발작 횟수가 현저히 줄어 한동안 뜸하더니, 여섯 살이던 어느 가을의 새벽, 또다시 발작했다. 모든 날이 버거웠지만, 그 새벽은 유난히 더 깊고 차가운 고비처럼 다가왔다.

구급차 운전자는 '새벽잠을 깨우는 사이렌 소리가 시끄럽다'라는 민원을 의식해 사이렌을 켜지 않았고, 차도 없는 도로를 모든 신호를 지키며 천천히 운행했다. 평소 같으면 아이를 살피느라 차의 움직임을 신경 쓸 여력이 없을 텐데, 그날은 이상하게 다급함 하나 없는 구급차의 속도감이 여실히 느껴졌다. 아이는 여전히 최대한 빨리 응급실로 가야 하는 상황인데, 신호를 기다리며 여유롭게 운행하는 것을 보고 있으려니 분통이 터질 것 같았다.

지금은 도로교통법이 바뀌어 응급 차량이 우선인 시대가 되었지만, 그때는 119구급차라도 사고가 나면 모든 책임이 운전자에게 있던 시절이었다. 안전 운전의 필요성은 알고 있었으나, 속이 타들어 가는 부모의 마음을 이해하지 못하는 구급대원을 원망하지 않을 수 없었다. 나는 그날 처음, 숱한 새벽을 함께 달려온 고마움을 뒤로한 채 '왜 빨리 달리지 않느냐'라며 구급차 운전자에게 소리를 질렀다.

응급실에 도착해 발작을 멈추는 주사를 맞고, 아이는 얌전히 잠들었다. 임신 6개월의 무거운 몸으로 조그만 간이 의자에 걸터앉아 아이가 깨어나길 기다렸다. 그날은 다른 날과 다르게 시선이 아이에게서 벗어나 응급실의 또 다른 것들에게로 향했다. 산소 호흡기를 오가는 위태로운 숨소리, 침대마다 돌림 노래로 울려 퍼지는 심장박동기 소리, 코를 찌르는 듯한 진한 소독약 냄새, 싸늘하다 못해 마음까지 시린 차가운 공기까지. 모든 것이 낯설고 힘겨웠다.

유독 침대가 모자랄 정도로 환자가 많았고, 사람들은 저마다의 고통으로 신음하고 있었다. 의식을 잃고 파리한 모습으로 실려 온 할아버지, 갑작스러운 연락에 놀라 뛰어 들어오는 가족들, 머리에 피를 흘리며 업혀 온 만취한 중년 남자, 그리고 응급실을 수없이 들락거리는 119구급대원들과 끊임없는 환자로 지쳐가는 의료진. 아무리 봐도 익숙해지지 않을 그림이었다.

섞이고 싶지 않은 현실에서 한 발짝 물러나 홀로 덩그러니 서 있었다. 그러나 소리 한번 지르지 못할 적막감은 여전히 나를 짓누르고 있었다. 숨이 막혀 응급실 밖으로 나왔다. 새벽의 찬 공기를 맞으며 주차장 화단에 주저앉아 하늘을 바라봤다. 후후거리며 크게 심호흡해 봐도 가슴은 여전히 답답하기만 했다. 과도한 책임감에서 오는 고립감은 나를 자꾸 옭아매는데, 나의 고통을 온전히 아는 사람도, 대신 감당해 줄 사람도 없었다. 홀로 겨울의 한가운데 서 있는 것만 같았다. 유일한 희망이던 하나님마저도 나를 모른 척하는 것 같았다. 온몸이 파르르 떨려왔고, 눈물이 주르르 흘러내렸다. 대체 언제까지 이렇게 살아야 하냐고, 언제까지 나를 이 차디찬 얼음 위에 방치할 거냐고 묻고 싶었다.

나는 흐느끼며 작은 소리로 중얼댔다.

"힘들어요. 힘들다고요. 나는 왜 이렇게 살아야 하는 거예요?"

"이제 그만했으면 좋겠는데…. 제발, 그만하고 싶은데…."

"언제까지 이렇게 살라는 거예요?"

그토록 참아왔던 '힘들다'라는 말 한마디를 내뱉는 순간, 조심스레 쌓아 올렸던 인내의 탑이 무너져 내렸다. 주체할 수 없는 눈물은 이내 통곡으로 변했고, 나는 악을 쓰며 하늘을 향해 소리쳤다.

"이제 제발 그만 좀 하라고요! 네? 못 견디겠어요. 제발! 이제 제발 좀. 그만하게 해 달라고요! 으아아아아아!"

기도가 아니었다. 원망 섞인 절규였다. 고통의 몸부림이었다. 그날 나는 한참을 그렇게 울부짖었다.

하지만 나는 다시 아무 일 없다는 듯, 눈물을 닦고 엄마의 자리로 돌아왔다. 예전처럼 희망을 품고, 하나하나의 인내를 쌓고, 내 아이를 지키기 위해 애썼다. 가정을 지키기 위해 노력했다. 아이와의 약속을 지켜가며 또다시 묵묵히 주어진 삶을 살아냈다.

그리하여 끝끝내, 아이는 발작을 멈췄고 오랜 시간 먹어 온 약을 끊었으며, 길고 힘겨웠던 뇌전증 치료를 끝낼 수 있었다.

모든 것이 무너진 듯 보였던 그 새벽, 그것은 끝이 아니었다. 다시 일어서기 위한 도약이었고, 절대 쓰러지지 않겠다는 다짐이었다. 그 외침 이후, 나는 나의 심장을 더욱 뜨겁게 불살랐다. 반드시 이겨내고야 말겠다는 의지로 타올랐다. 고통은 결국 나를 더욱 단단한 사람으로 만들었고, 그 스러지지 않는 사랑이 결국 아이를 살렸다.

가장 깊은 밤에도
완전히 꺼지지 않는 것이 있다.

사람은

그 불빛 하나로

다시 아침을 건너간다.

봄이 올 거라는
희망 한 자락을 붙들고

———

발끝이 시려오는 새벽 4시 30분
마른 숨 뱉으며 교회로 향했다

깊어져 가는 겨울 속
살을 에는 삭풍에도
선물 같은 생명이 조용히 싹을 틔웠다
뱃속이 작은 온기로 잔잔히 파동 쳤다

친정엄마는
당신의 시절에도
서럽게 흐느끼던 날이 많았다며
네 동생은 뱃속에서부터 슬픔을 먹고 태어나
이유 없이 내내 슬퍼했다며

눈물지었다

내 안의 작은 너에게
슬픔의 그늘을 드리우지 않으려
눈물을 거뒀다
일어설 수 있음에 감사하며
기도할 수 있음에 기뻐하기로 했다

너의 첫걸음이 아름답기를
마음 다해 축복하며
세상 모든 눈부신 것들의 씨앗을 심었다
향기로운 꿈만 숨결처럼 불어 넣었다

별빛 스민 새벽
작은 읊조림도 울림이 되는 시간
간절히 두 손 모아
하늘을 향해 편지를 띄웠다

반드시 봄이 올 거라는 희망 한 자락을 붙들고

시어머니가 위독하시다는 말을 듣고 대구로 내려갔다. 도착해 보니 어머니는 이미 혼수상태였다. 의식도 없이 누워 계신 어머니의 입에서는 마른 피비린내가 났다. 의사는 임종이 머지않았고, 이틀을 넘기기 힘들 거라고 했다. 처음으로 어머니의 손을 잡아 보았다. 마르고 거친 손은 세월의 흔적을 고스란히 담고 있었다.

만삭의 몸이었던 나는 병원에 오래 머무를 수 없었고, 결국 남편을 홀로 남겨둔 채 아이와 함께 집으로 올라오는 기차를 타야 했다. 수원역쯤 다다랐을 때 남편에게서 전화가 왔다. 그가 흐느껴 울고 있었다. 어머니가 돌아가셨다는 말에 심장이 '쿵' 하고 내려앉았다.

수원역에서 내려 다시 대구행 기차를 탔다. 내려가는 내내 남편을 걱정했다. 어머니를 떠나보내야 하는 고통의 순간이 얼마나 힘겨울까? 힘들더라도 그냥 거기 있을 걸…. 곁을 지켜줄 걸…. 함께하지 못해 미안했고 감당하지 못할 슬픔에 힘이 되어주지 못해 안타까웠다.

장례식장으로 들어서는 순간까지도 마음이 착잡했다. 그런데 장례식장의 분위기는 예상과 달리 고요하고 적막했다. 여자들만 작은 소리로 곡할 뿐, 남자들은 의외로 조용했다. 예상치 못한 차분함에 '오래 아프셔서 그런가? 잠시 다녀온 사이 내가 무얼 놓친 걸까? 아까 많이 울어서 그런 걸 거야.'라며 나름의 이유를 찾아보았다.

하지만 장례가 끝날 때까지 남편은 눈물 한 방울 흘리지 않았고, 나는 그런 남편을 결국 이해하지 못했다. 사흘 내내 울어도 모자랄 판에 어떻게 문상객과 웃으며 떠들 수 있는지, 어떻게 술과 안주가 입으로 그리 잘만 들어가는지 알 수 없었다. 남편은 밤낮으로 취해 있었고, 아무 데서나 잠들었다가 다시 일어나 손님을 맞았다. 나는 그때 남편을 보며 생각했다. '아들 낳아봐야 다 소용없구나.'

먼 곳에서 찾아온 방문객 중에는 친정엄마도 있었다. 엄마는 어머니가 항암을 시작하기 전부터 신장경화증을 앓고 있었다. 두 분의 삶은 서로 닮아 있었다. 일찍이 남편과 사별

하고 젊은 나이에 홀로 자식 넷을 키우는 동안 그 힘겨움은 이루 말할 수 없었다. 그렇게 홀로 서러운 세월을 견디며 열심히 살아왔건만, 남은 것은 병뿐이었다. 두 분은 마주한 시간이 많지 않았어도 서로를 응원했고, 걱정하며 안타까워했다. 그러나 두 분의 삶은 엇갈렸다. 엄마는 건강을 회복했고, 어머니는 결국 영정사진 속 인물이 되어 엄마를 맞이했다. 엄마는 마치 자신의 영정사진을 보는 것 같다며 자리를 뜨지 못하고 오래 눈물을 흘렸다. 그리고 장례식장을 나서며 우리에게 의미심장한 한마디를 남겼다.

"인생 짧다. 싸우지 말고 살아라."

우리는 그때 참 많이 싸웠다. 너무도 다른 둘이 만나 이해하려 하지 않고 목소리만 높였다. 서로의 다름을 인정하지 못하고, 틀렸다며 지적했다. 우리의 결혼 생활은 웃는 날보다 우는 날이 더 많았다. 그때 엄마의 말이 무엇을 의미하는지 알면서도 가슴으로 받아들이지 못했다.

이후로도 우리는 숱한 밤을 말없이 등 돌렸고, 끊임없이 상대를 탓했다. 하지만 서로의 어깨가 필요한 날들이 계속되면서 기어이 서로를 향해 손을 내밀었고, 함께 웃지는 못했어도 함께 울며 서로를 알아갔다. 그렇게 조금씩 균열을 메워가다 보니, 그때는 보이지 않던 것들이 보이기 시작했고, 받아들이지 못했던 엄마의 말도 이미 가슴 깊이 새겨져 있었다.

그 장례식장에서 남편이 품고 있었던 슬픔을 나는 뒤늦게서야 보게 되었다. 남편이 어머니가 아프실 때부터 슬퍼하고 있었던 것은, 어쩌면 자신도 모르게 어머니를 떠나보낼 준비를 하고 있었던 것인지 모른다. 자신을 탓하며 사정없이 불살랐던 이유도, 매 순간이 가슴 아픈 이별이었기 때문일 것이다. 남들보다 먼저 울었고, 오래 슬퍼하느라 눈물이 마른 것이다. 더 이상 흘릴 눈물조차 남아 있지 않던 그 마지막 순간을 술로 버틴 것이다. 15년이 지난 지금도 남편은 어머니를 떠올리며 힘들어하지만, 그 슬픔을 가슴 깊숙이 찔러 넣고 내보이지 않으려고 한다. 나이 50이 다 되어가서야 알았다. 남편과 나는 슬픔을 표현하는 방식마저 다르다는 것을.

장영희 작가의 《내 생애 단 한 번》이라는 에세이의 "좋은 마음으로 좋은 말만 하며 살아도 아까운 세월인데, 우리는 타고난 재주로 이리저리 시간을 쪼개어 미워할 시간, 시기할 시간, 불신할 시간, 아픔 줄 시간을 따로 마련하면서 산다."라는 구절을 읽을 때마다 마음이 저려온다. 우리는 어쩌면 그렇게, 소중한 시간을 갉아먹으며 허비하는 것은 아닐까.

이 글귀는 그때 우리에게 던진 질문이지만, 동시에 시간이 흘러 지금 우리가 붙들어야 할 삶의 진실이기도 하다.

사람은

같은 슬픔을

같은 방식으로 울지 않는다.

어떤 이는 눈물로,

어떤 이는 침묵으로

슬픔을 견딘다.

그래서 우리는

서로를

조금 늦게 이해하는지도 모른다.

4장

●

봄

새순이 돋듯, 우리는 서로를
다시 처음처럼 부른다

다정한 어른이 된다는 것은

쉽게 단정하지 않고 오래 바라보며,

겨울 끝에서 다시 시작할 마음을 남겨두는 일이다.

봄의
노래

차갑게 말라가던 가지에 솟아난 연둣빛이
봄의 문을 활짝 열어젖힌다
얼어붙은 마음에도 손님이 찾아오고
다시 처음처럼 설렘으로 너를 부른다

봄날 햇살 한 줌, 따스한 위로되어
자신을 먼저 품을 뜨거운 용기로
멈추지 않고 나아가리라
다시없을 나, 온전히 사랑하리라

극한의 계절에서 그리던 작은 희망이
내 작은 마음속 씨앗으로 싹을 틔우네
모진 세월의 아린 흔적까지 감싸 안아

햇살 아래 단단한 지혜로 다시 피어난다

두 뺨을 온기로 물들인 4월의 햇살

비릿한 흙내음 먹고 피어난 작은 숨결

봄바람 따라 춤추는 꽃잎이여

지금 여기, 진짜 봄이 생명을 회복한다

온 세상 향기로운 꽃내음으로 물들 때

우리의 봄날도 달콤함으로 가득하리

완전한 희망으로 넘쳐날 내일을 위해

마침내 찬란히 피어날 그 사랑을, 나는 노래한다

겨울을 지나
비로소 알게 된다.

봄은
어디서 오는 것이 아니라
내 안에서 피어난다는 것을.

―

'아무 일도 일어나지 않는 평범함'은 평범하지 않은 삶을 사는 누군가에게는 눈물겹도록 감사한 일이다.

장례가 끝난 후 남편은 그 힘겨운 지옥에서 해방되었고, 그제야 뱃속의 아이에 대한 기쁨을 미안함 없이 표현할 수 있게 되었다. 큰아이는 더 이상 응급실로 실려 가지 않았고, 우리는 시끄럽던 2층에서 벗어나 햇살 가득한 위층으로 이사할 수 있게 되었다.

어머니의 죽음은 혹독한 겨울의 절정이었지만, 우리를 휩쓸 것만 같던 그 태풍은 오히려 모든 아픔을 잠재우고 조용히 스러져 갔다. 상실은 어쩌면, 끝이 아니라 새 생명이 움틀 터전을 마련하는 고귀한 과정일지도 모른다. 아픔을 딛고 일어서자, 마치 얼어붙었던 대지가 해빙하듯 태어날 생명에 대한 기대와 설렘이 가슴 깊이 차오르기 시작했다. 창밖에는 얼음장 같던 바람 대신 포근한 햇살이 드리우고, 출산이 임박한 우리 가정에도 봄의 기운이 가득 스며들었다.

그러나 기대감의 달콤함 뒤로, '둘째마저 아프면 어쩌지?'라는 두려움의 그림자가 고개를 내밀며 우리를 긴장하게 했다. 하지만 더 이상 나약해지고 싶지 않았던 우리는 두려움을 회피하지 않았고, 사랑을 더욱 견고하게 만들 원동력으로 삼았다.

아이를 지키기 위해 가장 먼저 해야 할 일은 산후조리를 어떻게 할 것인가를 결정하는 일이었다. 산후조리 기간은 단순히 산모의 몸을 회복하는 기간이 아니라, 태어난 아기를 보호하는 기간이기도 했다. 빚을 내서라도 조리원에 가야겠다는 생각은 들었지만, 첫째 아이가 걱정스러웠다. 보통 사람들은 둘째를 낳으면 조리원보다 집에서 산후 도우미의 보살핌을 받으며 몸조리한다. 이는 먼저 태어난 아이를 돌보기 위함이다.

남편은 자신과 큰아이가 조금 힘들더라도 조리원에서 몸조리하기를 원했고, 그의 고마운 결단으로 결국 우리는 그 길을 택했다. 그러나 살림에 서툰 그가 한 달 동안 홀로 아이를 돌보는 것은 쉬운 일이 아니었다.

평소보다 일찍 일어나 아침 식사를 준비해야 했고 회사 일과 더불어 집안일도 해야 했고 아이를 씻기고 입혀 등원시켜야 했다. 무엇보다 차량을 운행하지 않는 어린이집의 등·하원은 여간 힘든 일이 아니었다. 아이는 늦은 시간까지 텅 빈 어린이집에서 선생님과 단둘이 아빠의 퇴근을 기다렸고, 남편은 그런 딸을 걱정하며 전쟁 같은 퇴근 시간을 조금이라도 단축하기 위해 필사적으로 내달렸다.

또한, 발작의 위험이 여전했던 아이를 혼자 책임져야 한다는 부담감은 엄청난 스트레스로 작용했을 것이다. 남편은 깊이 잠을 이루지 못하고 밤새 아이를 수시로 살폈고 약을 제때 챙겨 먹이기 위해 긴장을 유지했다. '혹 아이가 피곤하지는 않을까?' 노심초사하며 엄마의 빈자리를 소화하기 위해 부단히 노력했다.

그렇게 남편의 '아무 일도 일어나지 않기' 위한 고군분투와 하늘의 축복 아래 모든 과정이 순조롭게 흘렀고, 둘째 아이는 건강하게 태어나 무탈한 한 달을 보냈다.

어떤 이는 '아무 일도 일어나지 않는 것'을 당연함으로 여길지 모르겠으나 평온함이 익숙지 않은 우리에게 아무 일도 없다는 것은 기적이었고, 눈물겹도록 감사한 일이었다. '당연한 것을 당연함으로 여기지 않는 것', 어쩌면 그것이 행복의 시작점은 아닐까.

둘째와 함께 집으로 돌아오던 날, 한 번도 경험해 본 적이 없는 환대를 받았다. 반가움이 가득한 표정만 봐도 우리가 돌아오기를 얼마나 손꼽아 기다리고 있었는지 알 것 같은데, 남편은 '이 남자가 언제부터 이렇게 말이 많았나?' 싶을 정도의 수다쟁이로 변해 있었다. 현관에 들어서며 신발을 다 벗지도 못한 나에게 무슨 할 말이 그리도 많은지, 쉬지도 않고 떠드는 통에 나는 현관에 한참을 서 있었다.

혹시 모를 바이러스나 세균을 위해 집 안 곳곳, 심지어 벽까지 소독했다는 이야기, 밥을 할 줄 몰라 죽이 되거나 고두밥이 되어버린 실패담, 달걀부침과 김치, 김만으로는 허해서 견딜 수 없었다는 하소연, 반찬 가게를 발견하고 쾌재를 부르며 자신을 칭찬했다는 자랑까지. 그리고 그 맛있는 반찬 가게의 햄과 치킨이 지겨워 내가 해준 집밥이 그리웠다는 투정, 또 큰 아이와 매일 동생을 기다리며 기대감에 부풀었던 대화들, 퇴근길에 어린이집 하원 시간에 늦을까 봐 숨 막히는 긴장감으로 운전했던 시간, 매일 밤 아이 곁에서 선잠을 자며 그동안 아내가 얼마나 힘들었을지 그제야 알았다는 고백까지. 남편은 끝도 없이 말을 쏟아냈다.

그 모습이 낯설었지만, 반가웠고, 또 한편으론 얄미웠다. "그러게, 평소에 잘 좀 할 것이지…."라며 핀잔 섞인 대꾸를 하고 싶었다. 그러나 힘들었던 시간이 마치 무용담이라도 되는 듯 신나서 떠들어 대는 그의 해맑은 미소를 가만히 지켜보고 있자니, 우습게도 그동안의 미움마저 눈 녹듯 사라졌다.

결핍은 그렇게 의도치 않은 둘 사이 소통의 물꼬를 트게 했고, 서로의 소중함을 다시 한번 확인하는 계기를 만들었다.

진정한 행복과 기적은 비범함에 있지 않고, 고통과 불안이 없는 '무탈한 일상' 그 자체일 것이다. 잔잔한 일상이 기적처럼 소중하다는 깨달음, 그것은 고통을 지나온 사람에게 주어지는 특별한 선물이다.

그렇게 우리는 역설적으로 '겨울'의 혹독함 속에서 '삶의 따뜻함'을 배우고, 메마른 가지 끝에 돋아나는 연둣빛 새싹처럼, 비로소 진정한 의미의 봄을 맞이하며 성숙해져 간다.

얼마 전 둘째 아이와 집 앞의 작은 병원을 다녀오는 길에 하늘에서 톡, 톡, 하고 빗방울이 떨어졌다. 앞서 걷던 아이가 가던 길을 멈추고 다시 돌아와 들뜬 목소리로 말했다.

"엄마, 이것 봐! 방금 여기로 빗방울이 들어갔어."

잠시 멈춰 아이가 말하는 곳을 유심히 들여다봤다. 휴대전화와 케이스의 작은 틈, 그 좁은 틈으로 신기하게도 정말 빗방울이 들어가 있었다. 겨우 손톱만 한 틈으로 한 줄기 빗방울이 스며드는 순간, 세상의 모든 확률을 거스른 듯 정확하고 완벽했다.

"그 녀석 참 용하다. 이 넓은 세상에서 어떻게 그 좁을 틈으로 쏙 하고 들어갔을까?"

'드넓은 하늘, 구름이 이곳까지 날아와 빗방울을 떨구고, 그중 하나의 빗방울이 수많은 인파 중 아이의 휴대전화 케이스 틈으로 골인할 확률은 대체 얼마나 될까?'라는 생각을 하다 문득, 오래전부터 품었던 감동이 입 밖으로 불쑥 튀어 나왔다.

"근데 있잖아, 빗방울이 거기 들어간 것도 정말 놀라운데, 사실 엄마는 네가 엄마에게 온 것이 더 놀라워."

"그게 왜 놀라워?"

"생각해 봐, 이 지구에 사람이 얼마나 많아? 또 지나간 세월 속에 죽은 사람도 있고, 앞으로 태어날 사람도 수없이 많을 텐데. 그 많은 만남 중에 어떻게 네가 내게로 올 수 있었을까? 그건 어쩌면, 빗방울이 케이스 틈으로 들어가는 것보다 더 엄청난 일일지도 몰라."

"그래? 그런 거야?"

아직 내 말을 다 이해하지 못한 아이의 물음. 그 질문이 내 마음에 잠들어 있던 오래된 진실을 다시금 깨웠다. 그래, 너는 내게 그런 존재였지.

어둠의 저편에서 살며시 반짝이는 샛별
평화로이 존재하는 고요한 숨결
내 발을 환히 밝히는 작은 등불

메마른 가슴에 흐르는 생명의 줄기

너는 내 삶의 경이로움이야

새벽 풀잎 위로 영롱히 빛나는 이슬처럼

갓 피어난 어여쁜 봄의 꽃잎처럼

여리고 작은 너의 존재가

나의 온 세상을 싱그러움으로 물들였어

세상에 둘도 없을 고귀한 존재로

모든 시름 남김없이 녹여낼 온기로

온 땅을 뒤덮는 꽃으로, 햇살로

단 하나의 선물처럼 내게 왔지

너로 인해 웃을 수 있었고

너를 통해 행복을 배웠지

너를 사랑한 만큼 세상이 아름다웠고

네가 있어 내가 나로 온전히 설 수 있었어

세상에 단 하나, 나의 별

눈부신 봄의 햇살

가슴 깊이 새겨진 기쁨

딸아, 너는 내 삶의 기적이야

———

사랑의 형태는 상황과 환경에 따라 무수히 변한다. 부서질 듯 연약한 존재를 품에 꼭 안는 것이 사랑의 전부인 것 같지만, 어느 순간부터는 스스로 홀로 설 수 있도록 믿고 지켜봐 주는 용기가 사랑의 더 깊은 얼굴임을 깨닫게 된다. 그 깨달음의 순간은 언제나 상실감이라는 아린 성장통을 동반한다.

둘째 출산을 위해 조리원에서 보낸 한 달의 시간은 큰아이와 나 사이에 알 수 없는 틈을 만들었다. 아이의 일거수일투족을 꿰고 있다고 자부했던 나였는데, 내가 모르는 아이의 시간이 존재한다는 사실을 실감한 순간, 엄마로서 나의 정체성에 엄청난 균열이 일었다. 늘 꼭 붙들고 있던 아이의 손을 놓친 것만 같은 아찔함에 가슴이 철렁했다. 또 아이에게 전부였던 나의 자리를 한 달 새 남편에게 내어준 것은 익숙했던 세상이 발밑에서 무너진 기분이었다. 한 달을 의지한 아빠와 가까워질 수밖에 없는 것은 당연한 이치건만 그 당연함이 왠지 모를 서운함을 넘어 고독감까지 밀려왔다. 그것이 '놓아주는 사랑'의 시작이라는 것을 까맣게 모른 채, 그저 시간이 흐르면 그 틈이 자연스레 메워질 줄로만 알았다.

차량을 운행하지 않는 어린이집이었기에, 등원은 아빠 차로, 하원은 엄마와 마을버스로 함께했다. 이십 분을 달리는 짧은 거리임에도 낮잠 시간이 없는 일곱 살 반의 아이는 집으로 오는 버스 안에서 쏟아지는 졸음을 참지 못했다. 전에는 아이가 버스에서 잠들면 허리 휘는 줄도 모르고 집까지 안고 왔건만, 둘째가 태어난 이후로 어딜 가든 품에 안겨 있는 작은 아이로 인해 큰아이를 안는 것은 불가능한 일이 되었다. 그런 이유로 아이가 버스에서 잠들면 흔들어 깨워 제 발로 걷게 해야만 했다. 기댈 곳을 찾지 못하고 휘청이는 작고 연약한 아이의 잠든 몸을 두 팔로 감싸 안지 못하는 무력감. 곤히 잠든 아이를 차마 깨우지 못하고 안타깝게 바라보던 순간의 미안함이 내내 아이의 뒷모습을 보며 죄인처럼 걷게 했다.

낯잠 없는 일곱 살의 하원 길
버스 안 널따란 의자 위 작은 어깨가
창가 풍경에 기대어 잠들면
애써 웃으며 아이를 깨웠다

뭐든 혼자가 서툰 너
땅에 붙은 듯 무거운 발걸음이 비틀거려도
이제 걷고 또 걸어야 해
낯선 길도 도전해야 해
그래야 비로소 한 뼘 더 클 수 있어

한 번도 놓아 본 적 없던 손
붙들 수밖에 없던 안쓰러움과 애틋함
차오르는 눈물을 삼키며 손을 놓아야 했다
그것이 사랑임을 배웠다

작은 품 양보하고
세상의 한 조각을 스스로 채우는 너

아련한 엄마 품 멀리 보내고
비로소 진정한 '형님'이 되었지

놓친 것이 아니라
날개를 펼 수 있도록 놓아준 거라고
끝이 아닌, 더 큰 세상으로의 시작이라고
단단함을 위한 첫걸음을 내디딘다

아이가 훌쩍 자라면, 엄마의 삶도 그만큼 깊어진다. 놓아주는 사랑의 지혜를 조금씩 배워가며, 우리는 상실감마저 성장의 거름이 된다는 사실을 알게 되었다. 아이의 그 작은 걸음이 세상으로 향하는 첫걸음이었듯, 나 또한 두 아이의 엄마라는 이름으로 이전과는 다른 사랑의 방식 앞에 서게 되었다. 다정한 어른이 된다는 것은, 넘어질까 봐 끝까지 붙잡고 있는 사람이 아니라, 비틀거리는 걸음을 믿고 한 걸음 물러서 줄 아는 사람인지도 모른다. 품을 내어주는 일만큼이나 품을 비워주는 일에도 사랑이 있다는 것, 그리고 그 비워진 자리에서 아이도 자라고 나도 자란다는 것. 그날의 하원 길은 아이에게만이 아니라, 내게도 어른으로 가는 첫걸음이었다.

붙잡고 싶었던 손을

조용히 놓아 주는 순간

사랑은

조금 더

어른이 된다.

아픔을 지나,
서로의 친구가 되다

큰아이는 초등학교 시절에 친구가 없었다. 엄밀히 말하자면 왕따였다.

아이가 학교 갈 나이가 되자, 특수학교 진학을 알아보는 과정에서 사람들의 조언을 통해 힘들더라도 일반 학교로 진학하는 것이 좋다는 결론을 내렸다. 일반 학교는 아이에게 요구되는 것이 많고, 스스로 해야 할 것도 많지만, 특수학교에 비해 배울 것이 많을 거라 생각했다.

저학년 때는 선생님의 지도로 친구들이 아이의 장애를 이해하고 배려했다. 그러나 고학년으로 갈수록 아이는 선생님의 보살핌에서 멀어졌고, 친구들은 아이를 '문제 있는 아이, 귀찮은 아이, 말귀 못 알아듣는 바보, 만만한 아이'쯤으로 여기기 시작했다. 설상가상으로, 그때는 뇌전증 약의 부작용으로 대변 실수가 잦았고 이 때문에 아이는 친구들에게 '바지에 똥 싸는 아이'로 불리며 기피 대상이 되기도 했다. 어떤 아이는 자기 말을 듣지 않는다며 꼬집었고, 어떤 아이는 오래 모아둔 저금통을 빼앗으려고 집까지 찾아오기도 했다. 하루는 아이가 수업을 마치고 집으로 돌아왔는데, 지나간 자리마다 젖은 발자국이 선명하게 찍혀 있었다. 양말이 젖은 이유를 물으니 신발이 화장실 세면대에 젖은 채 놓여 있더란다. 이후로도 누군가의 손에 의해 아이의 물건이 없어지거나 망가지는 일이 자주 있었지만, 아이는 누구의 소행인지 전혀 감을 잡지 못했다. 학교생활을 시작하면서, 속상한 일이 참 많았다. 아이가 나쁜 짓을 한 것도 아닌데 누군가에게 미움받고 오랫동안 괴롭힘의 대상이 된다는 사실은 엄마로서 너무도 가슴 아픈 일이었다.

4학년이 되자 아이는 혼자 하교할 수 있게 되었다. 학교에서 집까지는 200미터도 안 되는 가까운 거리였고 거실 창에서 내려다보면 집으로 오는 아이의 모습을 확인할 수 있었다. 나는 하교 시간이 되면 창가에 서서 아이가 안전하게 건널목을 건너는지 지켜봤다. 그런데 날이 갈수록 집으로 오는 시간이 점점 늦어지더니, 어느 날은 건널목을 건너지 않고 옆 건물 아파트로 들어가는 것을 보고 뛰어내려가 아이를 찾았다. 하지만 아이는 이후로도 곧바로 집으로 오지 않았다. 대체 어딜 돌아다니는 것인지 걱정되어 끝날 시간에 맞춰 학교 앞에 숨어 있다가 조용히 뒤를 밟았다.

아이는 느린 걸음으로 학교 주변을 배회하고 있었다. 떡볶이집 앞에서 간식을 먹는 친구들 옆을 기웃거리고, 경로당 앞 게이트볼장에서 공을 치는 노인들을 말없이 바라보고, 공원 벤치에 앉아 놀이터를 뛰노는 아이들을 구경했다. 그러나 아이는 어느 틈에도 끼지 못한다는 것을 알았는지 구경만 할 뿐, 선뜻 다가가지 못했다. 주변에 있는 아파트에 들어가 여기저기 관찰하듯 돌아다니고, 어느 빌라 1층 주차장에 세워진 유모차를 집까지 끌고 오기도 했다. '왜 그랬냐?'라는 물음에 아이를 '심심해서'라고 대답했다. 그 말을 듣는 순간 마음이 무너지는 것 같았다. 친구와 함께하는 시간이 너무도 소중한 학령기에 어울릴 곳을 찾지 못하고, 늘 외톨이였던 아이. 그런 아이의 배회는 단순한 호기심이 아닌 외로움이었고, 슬픔이었다. 한 인간이 세상과의 소통에서 단절되는 고통, 그것이 내게도 고스란히 전해졌다.

그런 아이에게 드디어 외로움의 무력감을 견디게 하는

위로 같은 존재가 나타났다. 바로 동생이었다. 첫째는 모든 것이 느렸고, 둘째는 모든 것이 빨랐다. 시간이 갈수록 둘의 차이는 점점 좁혀졌고, 여섯 살의 엄청난 나이 차이에도 불구하고 두 아이는 서서히 친구가 되어갔다. 그 특별한 우정을 보여주는 순간이 삶 곳곳에 있었다.

첫째가 열 살, 둘째가 네 살 때였나. 외식을 간 식당 건물 앞에서 나를 먼저 내려준 남편은 아이들과 지하 주차장으로 들어갔다. 그때 엘리베이터의 버튼 고장으로 아이들만 탄 채 문이 닫혔고, 그대로 올라가 버렸다. 남편은 그대로 있으라고 외쳤지만, 아이들은 아빠의 말을 듣지 못했다. 그는 엘리베이터가 다시 지하로 내려오길 초조하게 기다리고 있었다. 그런데 그때, 두 아이가 지하 주차장 입구로 걸어 내려왔다. 아빠와 떨어져 놀란 아이들은 1층에서 내렸고, 밖으로 나와 아까 봤던 지하 주차장 입구로 걸어 내려온 것이었다. 그때 남편은 아이들이 울지 않고 무사히 돌아온 것도 대견했지만, 두 아이가 손을 꼭 잡고 서로를 의지하는 모습이 얼마나 감동적이었는지 눈물이 핑 돌더라고 했다. 그 순간 남편이 본 것은 단순한 극복을 넘어 인간이 가진 가장 원초적인 두려움 앞에서 서로 손을 잡고 세상에 맞서는 순수한 사랑의 본질이었을 것이다. 그 순수한 사랑에 감동하지 않을 부모가 어디 있을까. 어쩌면 둘 사이의 순수한 연대는 어릴 적부터 온화하고 얌전했던 둘째의 타고난 성품 덕분이었는지도 모른다.

둘째는 어릴 적부터 쉽게 화내는 법이 없었다. 언니와 놀며 불편함이 있어도 짜증 내지 않고 잘못된 것을 조용히 지적했다. 하고 싶은 말이 많아도 상대의 기분을 배려하는 속 깊은 아이였다. 언니가 문제의 행동을 수없이 반복해도 오래 참으며 기다려 주었다. 그렇게 외로운 첫째의 유일한 친구가 되어준 둘째는 때론 천방지축인 언니를 챙기는 모습까지 보였다.

둘째는 언니의 장애를 부끄러워하지 않았다. 꼬맹이 시절부터 "우리 언니는 장애가 있어서 그래요."라며 담담히 이해를 구했다. 언니의 장애를 아픔으로 여기지 않고 순수하게 있는 그대로 받아들이는 모습이 눈물겹도록 고마웠다. 아이의 작은 입에서 나온 담담한 고백은 우리로 하여금 그동안 장애에 드리워졌던 불필요한 그늘과 사회적 시선으로부터 벗어나, 있는 그대로 마주하게 했다.

시간이 흘러 아이들은 여전히 성장 중이고, 두 아이의 관계에도 새로운 변화가 찾아왔다. 지금 첫째는 특수학교를 다니며 친구가 많아졌고, 싸워도 아쉬울 것 하나 없다며 둘째에게 큰소리를 친다. 게다가 이미 자신보다 어른스러워진 동생이 얄미워 사사건건 시비를 걸기도 한다. 둘째 또한 사춘기를 보내며 천사 같던 유아기에서 벗어나 때때로 미울 정도로 까칠해진다. 하지만 나는 안다. 나와 내 언니가 오랜 세월을 앙숙처럼 지냈어도, 나이 마흔이 넘은 지금은 세상에 둘도 없는 친구가 된 것처럼, 우리 아이들도 그 우정을 잊지 않고 언젠가는 서로의 둘도 없는 친구로 돌아갈 것을.

지금도 어릴 적 사진 속, 두 아이가 나란히 흔들의자에 앉아 서로를 향해 웃는 모습을 가만히 보고 있으면, 그때의 모습과 지나온 수많은 장면이 스쳐 만감이 교차한다. 두 아이가 서로를 의지했던 순간처럼, 언니와 동생이라는 관계를 넘어 서로에게 가장 필요한 존재로, 자매라는 이름으로, 찾은 세상에 단 하나뿐인 친구로 영원히 남아줄 것을 믿는다.

이 믿음 속에서 나는 두 딸을 통해 비로소 '사랑이란, 나약한 순간에 서로에게 견고한 버팀목이 되어주는 것'이라는 깨달음을 얻는다. 그 깨달음은 삶의 고통과 희망이 교차하는 지점마다 가족이라는 이름으로 머리가 아닌 가슴으로 영원히 기억될 것이다.

엄마의 사랑은
어떤 두려움보다 강하니까

———

마흔이 넘도록 나는 운전할 줄 몰랐다. 어릴 적 물에 대한 트라우마 탓일까? 생명을 위협받을 수 있는 상황이라면 무엇이든 지레 겁을 먹는 편이었다. 운전은 물론 수영, 심지어 자전거 타는 것까지 감히 엄두를 못 냈다. 그런 나에게 40년 넘게 이어진 뚜벅이 생활을 접고 '운전면허 취득'을 결심하게 만든 것은 바로 내 아이들이었다.

큰아이의 치료를 위해 인천에서 서울과 일산을 버스로 오가는 일은 만만한 일이 아니었다. 출퇴근 시간의 광역버스는 앉을 자리 하나 없이 사람들로 빽빽하게 들어찼다. 발 디딜 틈 없는 지옥 버스를 어린 두 아이에게 견디게 했던 미안함이 결국 나를 운전이라는 낯선 세계에 발을 들이게 했다.

학원을 등록해 이론 수업을 듣고, 필기시험에 합격하기까지 모든 것이 수월했으나, 주행 수업이 시작되자, 꼭꼭 숨겨 두었던 판도라의 상자가 열렸고, 나는 결국 해묵은 두려움과 마주해야 했다. 운전석에만 앉으면 거대한 공포에 꼼짝없이 붙들려 아무것도 보이지 않았고, 누구의 말도 들리지 않았다. 모든 사고능력과 운동신경은 고장 나 삐걱댔고, 그동안 배운 이론과 실기는 머릿속에서 하얗게 지워져 갔다. 자신의 운전 실력을 믿지 못하는 상태로 차가 내달리는 도로 위를 진입해야 했던 순간은 공포 그 자체였다. 격려받아도 모자랄 판에 옆에 앉은 눈치 없는 강사는 "그렇게 브레이크를 아무 때나 밟으면 사고 나요! 왜 사이드미러는 보지도 않아요? 이렇게 천천히 가서 어느 세월에 도착하겠어요?"라고 자꾸만 다그쳤다. 그의 답답한 심정이야 어떠했든, 그의 날 선 지적들은 내 두려움을 더 키울 뿐이었다. 처음부터 끝까지 불친절했던 강사와의 도로 주행 연습은 나를 한층 더 좌절하게 만들었고, 두려움을 극복하기는커녕 점점 작아지는 자신을 마주해야 하는 현실이 견디기 힘들었다. 이런 내가 과연 주행시험에 합격할 수 있을지 의문스러웠다.

드디어 주행 시험 당일이 되었다. 시험자는 운전하고 시험관은 옆좌석에 앉아 평가했다. 그리고 다음 대기자는 뒷좌석에 앉아 참관했다. 60대로 보이는 남자 주행 시험관이 먼저 시험을 치르는 '운전면허 취소 재시험자'에게 조심해서 운전하지 않는다며 타박하기 시작했다. 그녀는 아마도 음주 운전으로 면허가 취소된 것 같았고, 시험관은 그 사실이 달갑지 않은지, 괜스레 감점 요인이 아닌 운전 습관까지 지적했다. 시험관의 냉정한 태도가 나를 더 긴장하게 했다. 그러나 내 차례가 되자, 냉정하던 시험관은 이전과 180도 다른 태도를 보였다. 겁에 질려 조심스럽다 못해 답답할 정도로 천천히 달려도 더할 나위 없이 상냥했고, 큰 실수로 감점됐어도 괜찮다며 다독였다.

예상치 못한 시험관의 친절과 응원에 힘입어 나는 도로 주행 시험에서 합격점을 받고 돌아올 수 있었다. 합격은 했으나, 기뻐할 여력조차 없었다. 그저 까무러치지 않고 돌아온 것에 온몸의 힘이 스르르 풀리며 안도할 뿐이었다. 학원 입구로 차를 몰고 들어서는 순간, 뒤늦게 나를 응원하러 찾아온 남편과 아이들이 온몸으로 반가움을 표현하며, 내가 운전하는 차를 향해 뛰어왔다. 인사도 하지 못하고 앞만 주시하는 내게 시험관은 내 아이들이 맞냐고 물었고, 나는 겨우 그렇다고 짧은 대답만 했다. 그러자 갑자기 시험관이 창

문을 내리더니 아이들을 향해 손을 번쩍 들어 흔들며 우렁
찬 목소리로 외쳤다.

"얘들아~ 엄마, 면허 시험에 합격했다!"

나는 그의 얼굴을 보지 못했지만, 분명 환하게 미소 짓고
있다는 것을 알 수 있었다.

그는 알았던 걸까? 마흔 살에 겁먹은 엄마가 용기를 낸
건, 오직 아이들을 위한 간절함 때문임을. 그의 진심 어린 응
원과 특별한 행동은 훗날, 이 순간을 두려움이 아닌 '온 가족
의 승리'로 기억하게 했다.

큰 고비를 하나 넘었으나, 운전은 면허증만 딴다고 끝날
일이 아니었다. 그보다 더 중요한 것이 있었으니, 그것은 바
로 실전이었다. 사정없이 달리는 차들 사이에서 방해되지
않는 적정 속도를 유지하는 것, 정확한 타이밍에 용감하게
끼어들어 차선을 바꾸는 것, 주차장에서 옆 차를 긁지 않고
선 안으로 반듯하게 차를 넣는 것이 어찌나 어려운지, 감히
차를 몰고 나갈 엄두가 나질 않았다.

왕초보 운전자에게는 운전에 익숙해지는 시간, 즉 '운전
연수'가 필요했고, 나는 운전 연수를 베테랑 운전자인 남편
에게 부탁했다. 그러나 그것은 잘못된 선택이었다는 것을

첫날 깨달았다. 남편과의 운전 연수는 전쟁터와 다름없었고, 나는 그곳에서 '남들이 하지 말라는 건 다 이유가 있다'라는 세상의 진리를 깨달았다. 나는 결국 한적한 도로에서 홀로 두려움과 씨름하는 쪽을 택했다.

혼자만의 연습은 나에게 '나'라는 운전자를 만날 기회를 주었다. 나는 그래도 늘 내 편이 되어 주었다. 실수해도 괜찮다며 너그럽게 다독였고, 두려움에도 묵묵히 핸들을 잡으려는 용기를 칭찬했다. 그렇게 자신을 스스로 북돋우며 나도 할 수 있다는 희망을 품었다.

큰아이의 중학교 진학을 위해 이사를 계획하고 있었다. 사춘기가 시작된 아이에게 또래 친구가 절실했기에 중학교는 특수학교를 보내기로 마음먹고 주변의 장애인 특수학교를 알아봤다.

우리나라의 장애인 특수학교는 그 수가 많지 않아 먼 거리를 통학하는 아이들이 많고, 수용할 수 있는 인원이 적다. 또한 거주하는 행정구역만 지원이 가능하고, 지원해도 서류심사와 면접시험에 합격해야 입학할 수 있다.

내가 아이를 보내고 싶어 한 곳은 행정구역이 아니었지만, 서류를 들고 무작정 학교로 찾아갔다. 담당자는 서류에

‘관할 행정구역 내 신청 요망’이라고 적혀 있으니 접수해도 승인이 나지 않을 가능성이 크다 했다. 그러나 나는 ‘안 된다’라며 딱 잘라 말하지는 않는 담당자의 태도를 긍정적으로 받아들였다. 오히려 그녀가 내비친 ‘가능성’에 희망을 품었다. 집이 팔리는 대로 이사할 계획이고, 필요하면 차후라도 증빙 서류를 제출할 의사가 있으니 서류를 접수해 달라는 간곡한 부탁에 담당자는 서류를 받아 주었다.

이후, 아이는 서류 심사를 통과했고, 면접에서도 긍정적인 평가와 높은 점수를 받았다. 감사하게도 교육청에서 학교의 긍정적인 평가와 꼭 이사를 오겠다는 엄마의 굳은 의지를 믿고 입학을 허가해 주었다.

장애인 특수학교는 통학버스를 운행하지만, 우리 집은 행정구역이 아니라 버스가 올 수 없었다. 이사 전까지 아이의 등하교를 책임져야 했다. 매매로 내놓은 집이 팔리지 않아 석 달이 넘도록 아이를 태우고 먼 거리를 운전해야 했다. 운전대를 잡는 것이 두려운 왕초보 운전자가 매일 먼 거리를 오가야 하는 일은 엄청난 부담이었다. 그러나 아이들을 위한 것이었으니, 운전 연습한다 셈 치고 이를 악물고 매일 세 시간을 운전했다. 책임감이라는 연료를 가득 채운 내 차는 두려움 뒤로한 채 그렇게 도로 위를 달렸다.

　아이들을 위해 기꺼이 핸들을 잡았던 용기, 두려움과 맞
서며 단단해졌던 시간, 그 모든 순간이 '엄마의 사랑은 두려
움보다 강하다'는 삶의 진리를 깨닫게 했다. 그리고 나는 그
사랑의 기적을 믿으며, 오늘도 흔들림 없이 핸들을 잡는다.

사람은

용감해서 앞으로 가는 것이 아니라

사랑하는 사람이 있어

멈추지 못하는 것인지도 모른다.

내 안의 욕심을 버리고,
너의 날개를 본다

특수학교에 입학한 큰아이는 일반 학교에서는 한 번도 누려보지 못했던 것을 누렸다. 반장이 되고, 많은 상장을 받고, 학교에서 모르는 사람이 없을 정도로 유명인이 되었다. 아이는 학교만 가면 의욕이 넘쳤고, 수업이 없는 날을 아쉬워할 정도로 모든 시간을 즐겼다. 그렇게 칭찬과 관심을 받으며 자존감을 회복했고, 오랜 시간 움츠렸던 날개를 마음껏 펼치며 성장했다.

그러던 어느 날, 아이에게 남자 친구가 생겼다는 것을 알게 되었다. 아이는 스무 살이 되면 결혼할 것이고, 집을 나가 살겠다는 계획을 세우고 있었다. 자신의 꿈이 지금의 현실로는 막막하기만 한 일이라는 것은 미처 깨닫지 못한 채.

나는 아이를 영원히 품 안에 둘 줄로만 알았다. 아니, 그래야만 한다고 생각했다. 내가 없는 세상에 홀로 남겨질 아이의 미래를 생각하면 한숨부터 나왔고, 때론 지레 주저앉아 버리기도 했다. 그런데 막상 아이가 부모를 떠날 생각을 한다는 것을 알게 되었을 때, 그 충격과 배신감이 어마어마했다. 내가 자기를 어떻게 키웠는데, 엄마보다 남자 친구가 우선이고, 아무런 상의도 없이 매몰차게 떠날 생각부터 하는 것인지…. 아이의 선택이 어찌나 서운했던지, '자식 키워봐야 다 소용없다'는 말이 딱 내 마음 같았다.

그러다 문득 깨달았다. 그것은 나의 욕심이었다는 것을. 아이가 혼자만의 시간을 중요시하고, 친구 관계를 중요시하는 것, 엄마 눈을 피해 거짓말을 늘어놓는 것 모두 '홀로 서는 법'을 배워가는 과정이었음을. 그제야 '품 안에 자식'이라는 어른들의 말이 사무치게 이해됐다.

아이를 향한 나의 시선 속 불안감은 결국, 내 안에 뿌리 깊게 박힌 집착임을 깨닫게 했다. 아이는 어느새 자라 어른이 되려고 하는데, 나는 여전히 내 아이를 보호가 필요한 어린아이로만 여기고 있었다. 물론 아이는 시야가 좁고 판단력도 부족할 때가 있다. 하지만 나는, 아이가 나의 일부가 아닌 독립적인 존재임을 인정해야 했고, 설사 홀로 서지 못한다고 하더라도 붙들고 있던 손을 놓아주어야 했다.

그때는 몰랐던 품 안에 자식이던 시간, 빨리 크기를 바라던 나의 조급했던 마음이 어느 순간, 그리움이 되어 돌아왔다.

엄마 품보다 친구의 웃음소리에 귀 기울이는 아이
서툰 걸음으로도 제 길을 고집하고
닫힌 문 뒤, 저만의 세계를 짓고
낯선 풍경을 향해 내디딘다

두 발로 딛고 설 세상이 넓어지는 나이
보이지 않는 날개 펼치며 품을 벗어나려 한다
미처 다 주지 못한 사랑에 가슴 저릿하고
작았던 너, 그 따스한 온기가 눈물겹다

강물처럼 흘러가는 시간 속에서
부모는 느리게, 때론 아프게
손끝의 끈을 놓는 법을 익힌다
비워낸 손 가득 찾아올, 알 수 없는 새로움을 맞이한다

나의 작은 새가

둥지 밖 세상을 향해 몸을 틀고

조심스레 날개를 펼친다

처음으로 허공에 날갯짓한다

네가 둥지를 떠나지 못할까 두려웠던 숱한 밤

온전히 네 힘으로 날 수 있기를 기도했지

내 작은 새가 창공을 가를 날을 눈물로 고대했지

그래, 이 순간을 위해 나는 엄마가 되었지

날지 못해도 괜찮아

넘어져도 괜찮아

부서지는 바람 속을 힘껏 퍼덕이며

끝없이 펼쳐질 세상을 꿈꾸렴

너의 모든 걸음을 응원할게

지친 날 언제든 내려앉을 둥지로 남을게

아가야, 내 작은 새야

세상을 향해 날개를 펼쳐라

어릴 적, 나의 엄마는 웃음이 많은 사람이 아니었다. 하지만 아주 가끔, 요리하며 콧노래를 부를 때가 있었다. 그 순간, 엄마의 콧노래는 내게 꿀보다 달콤했고, 세상 어떤 노래보다 아름다웠다. 엄마가 기분이 좋으면 나는 옆에 바짝 붙어 그 행복에 오래 머물고 싶었다.

내 아이들도 그렇다. 내가 춤을 추면 함께 춤을 추고, 내가 흥얼거리는 노래를 하루 종일 흥얼거린다. 아이들을 볼 때마다 깨닫는다. 엄마가 행복해야 아이도 행복하다는 사실을. 그렇다면 나는 어떻게 해야 행복할 수 있을까? 나다움을 찾을 때, 비로소 주어진 행복을 온전히 누릴 수 있다는 것을 깨닫기까지, 나는 오랜 시간을 헤매야 했다.

한때 '나다움'이란 말은 내게 먼 이야기였다. 아이의 장애와 발작으로 힘겨웠던 시간, 매일 응급실을 오가며 불안에 떨던 날들 속에서, 엄마이자 아내라는 이름 뒤에 가려진 내 빛은 점점 희미해졌다. 남편과의 소통 부재, 육아의 고단함은 나를 우울증으로 몰아넣었고, 어느 날 아침 거울 속 낯선 내 모습에 산산이 부서지는 기분이었다.

우리 부부는 많이 싸웠지만, 싸움이 서로를 이해하기 위한 몸부림으로 바뀌면서 나는 '자신을 사랑하지 못하는 나'를 발견했다. 충격이었다. 모든 관계는 나와의 관계로부터 시작된다는 평범한 진리를, 나는 오랫동안 모르고 엉뚱한 곳만 헤매고 있었다. 글쓰기는 그런 나에게 자신과 마주할 기회를 주었다.

도슨 트로트만(Dawson Trotman)의 "생각들이 손끝을 거치면 서로 엉켜 있던 것이 풀린다."라는 글을 쓰며 머릿속 엉킨 생각들이 하나둘 풀리고 정돈되기 시작했다. 글쓰기는 단순한 기록이 아닌, 내면의 혼란을 정리하고 숨겨진 통찰을 발견하는 마법 같은 과정이었다. 지나온 일들을 써 내려가며, 스스로에게 한없이 혹독했던 나와 마주했고, 불행의 원인이 결국 '나 자신'에게 있음을 깨달았다. 그 순간 내 안의 오래된 벽이 허물어지고 새로운 세상이 열렸다.

누군가의 말에 쉽게 흔들리지 않으려면, 먼저 나를 바라보는 시선이 달라져야 했다. 나를 이해하고 사랑하는 것, 그것이 모든 걸음의 시작이었다. 나는 내게 조금 더 다정해지기로 했다. 세상을 견디는 일보다 먼저, 자기 안의 상처를 알아보고 스스로를 함부로 다루지 않는 사람이 되는 것. 그것이 지금 내가 정의하는 '어른'이자 다정함의 모습이다.

글을 통해 힘들었던 순간으로 찾아가 마음껏 위로하고 안아 주면서, 그 속에서 나의 참모습을 발견할 수 있었다. 내겐 지치지 않는 열정과 끈기가 있었고, 늙지 않는 순수함이 있었다. 작은 것에 눈 돌리는 감성이 있었고, 보이지 않는 것을 볼 줄 아는 마음의 눈이 있었다. 그것을 누리는 것이 진정한 '나다움'을 찾는 길이었다.

이제 나는 날마다 자신에게 집중한다. 내면의 미세한 속삭임에 귀 기울이고, 좋아하는 것을 찾는다. 화초를 가꾸고, 집을 꾸미고, 새소리를 들으며 산책한다. 울적한 날에는 혼자 영화를 보고, 하던 일을 멈추고 쉼을 준다. 홀로 보내는 시간의 소중함을 알고, 책임의 파도와 맞서기 전 내 안의 호수를 잔잔함으로 채운다.

지금 나는 작가라는 꿈을 통해 세상과 소통하며 내면을
단단히 다지고 있다. 내 글이, 각자의 자리에서 고군분투하
는 누군가에게 작은 위로와 용기가 되어, 저마다의 '진정한
자기 모습'을 찾아 찬란히 빛나기를 바란다.

광야에도 봄은 오고,
마른 가지에도 꽃은 핀다

코로나가 한창이던 때, 10년간 뇌전증 발작 없이 무탈했던 큰아이가 고등학교 1학년 새 학기를 앞둔 새벽, 오랜 침묵을 깨고 발작을 일으켰다. 두 번 다시 마주하고 싶지 않던 현실과 맞닥뜨린 순간, 또 다시 심장이 '쿵' 하고 내려앉으며 눈앞이 캄캄해졌지만, 예전의 기억을 떠올려 침착하게 아이를 살폈다. 다행히 발작은 심하지 않았고 119구급대원이 도착하기 전에 정신이 돌아와 간단한 물음에 대답하고 비틀거리며 걷기도 했다.

가까운 대학병원 응급실에서 체온이 37.5도를 넘는다는 이유로 출입을 거부당했다. 구급차로 20분을 더 달려 도착한 병원에서도 차에서 내리지 못한 채 대기하며 체온이 떨어지길 기다렸다.

이후, 다니던 병원에서 일 년 동안 여러 차례 검사했고 의

사는 뇌전증 발작 이력이 있는 아이들은 성장하며 한두 번의 발작을 겪기도 한다며, 일시적인 발작이라고 결론을 내렸다. 일시적이라니 다행이지만 끝난 줄로만 알았던 발작을 다시 겪으면서, 아이로 인해 예측할 수 없는 삶의 불안이 여전하다는 것을 다시 한번 절실히 느꼈다.

하지만 그때, 불안감을 잠재울 더 커다란 깨달음이 있었으니, 그것은 '이 아이는 내 힘만으로 키워 낼 수 없다'는 사실이었다. 그 깨달음이 역설적으로 나를 자유롭게 했다. 내가 아니면 안 된다는 중압감이 사라지고, 예민하게만 반응하던 것들이 비로소 제자리를 찾으면서 그 틈에 작은 숨구멍이 트였다. 아무리 노력해도 사람의 힘으로 불가능한 일이 세상에 존재한다는 것, 나의 작음을 인정할 수밖에 없던 순간 비로소 나는 나를 짓누르던 책임감으로부터 해방될 수 있었다. 내가 할 수 없는 일이라면, 그저 주어진 삶에 충실하면 그걸로 된 것이었다. 인내하되 포기할 것은 포기하고 너를 너로, 나를 나로 온전히 인정하며 오늘에만 충실하면 되는 것이다.

아이는 요즘, 특수학급 전공과를 다니며 직업교육을 받고 있다. 전공과 면접관은 취직을 위해서 스스로 대중교통을 이용할 줄 알아야 한다며 혼자 대중교통을 이용할 수 있는지를 물었다. 나는 아직 시도해 본 적은 없지만, 가르치면 가능하다고 대답했다. 그러나 가르치는 과정이 쉽지 않다는 것을 알고 있었다. 예상대로 아이가 혼자 버스 타는 법을 익히기까지 큰 노력과 시간이 필요했다. 하루에 네 번 같은 길을 오가며 버스 타는 법을 가르쳤다. 그러나 변수가 많은 버스 통학은 생각보다 어려웠고 아이는 그 변수의 불안감을 감당하지 못해 버스 통학을 포기하고 한 시간 동안 걷는 길을 택했다. 배움도 힘든 아이가 심리적인 압박마저 극복해야 했으니, 노력만으로 될 일은 아니었다. 어쩔 수 없이 버스 통학은 나중으로 미뤄야 했다. 그렇게 아이는 무더운 여름에도 따가운 햇볕을 견디며 먼 거리를 걸어서 학교를 오갔다.

그러던 어느 날, 아이가 혼자 버스를 타고 학교를 갔다 왔다는 사실을 알게 되었다. 아이는 다른 친구들이 버스를 타는 모습에 용기를 얻어 혼자 버스 타기에 도전한 것이다. 처음에는 혼자 버스를 탔다는 아이의 말에 그 도전이 실패로 끝나지 않았음에 안도의 한숨을 내쉬었다. 아무리 순환버스라 해도 아이가 내려야 할 정류장을 지나치면 모르는 길에서 집까지 오기가 막막할 테고, 나는 그런 아이를 찾아 헤매야 하는 상황이 되고 만다. 상황이 그렇다고 해도 이미 지나간 일을 붙들고 있을 순 없었다. 그보다 스스로 장애물을 넘어선 용기에 힘껏 박수를 쳐 주었다. 아이의 얼굴에는 새로운 세상을 경험한 작은 설렘과 뿌듯함으로 가득했다. 성취감은 또 다른 새로운 도전을 불러일으켰다. 이제, 상황에 맞춰 다른 정류장에서도 버스를 타고, 편의점이나 커피숍에서 간식을 사 먹고, 상점에 가 물건을 사 오는 소소한 도전을 이어가고 있다.

아이는 뭐든 새로운 환경에 적응하는 데 오랜 시간이 걸리고, 그 과정을 부모가 동행해야 한다. 눈앞의 목표 지점을 두고도 포기하거나, 제자리를 수없이 맴돌다 겨우 길을 찾는 경우가 많다. 그러나 나는 그런 늦은 걸음이라도 조금씩 성장하며 스스로 어려움을 극복해 낼 의지와 힘이 생긴 것에 눈물겹도록 감사한다.

동시에 어쩌면 아이와 평생을 함께 살아가야 할지도 모른다는 아득한 걱정 또한 나의 삶일 것이다. 그 걱정이 때로는 나를 풀 한 포기 없이 황량한 광야 한가운데로 데려다 놓는다. 어디로 가야 할지 모르고 갈 길이 아득하기만 한 그 광야에서, 나는 매번 나를 돌아보고 삶의 의미를 되새긴다.

그 성찰 속에서 나는 깨닫는다. 삶에는 수많은 굴곡이 존재하며 언제나 봄일 수만은 없다는 것을 지나온 경험을 통해 잘 안다는 것을. 그리고 마음이 달라지면 세상이 달리 보인다는 것을.

여전히 척박한 땅을 걷는 삶일지라도, 나의 광야에도 기어이 봄이 왔다. 마음에 계절이 바뀌니 마른 땅에도 꽃이 피더라. 이제, 작은 것에 소망을 품고, 옅은 그늘에 감사하며, 살랑이는 바람에도 노래한다.

지나온 어제의 숱한 노력이 켜켜이 쌓여 오늘이 되고, 그 오늘이 또 내일이 될 것을 알기에, 고단한 하루일지라도 이 순간을 기꺼이 살아낸다. 온 마음을 다해 오늘을 짓는다. 이런 나의 이야기가, 어쩌면 당신의 이야기일지도 모른다.

당신의 오늘은 안녕한가요?
당신은 지금, 어느 길 위에 서 있나요?
그리고 이제, 어디를 향해 발걸음을 옮길 건가요?

당연한 봄은 없어도, 포기하지 않는 마음에 작은 감사를 새기며, 주어진 삶에 충실히 한다면
메마른 가지 위에도 봄은 기어이 꽃으로 피어날 테니
끝끝내 우리 삶은 찬란한 빛으로 물들리라.

어른이 된다는 것은

세상을 이기는 일이 아니라

마침내

나에게

다정해지는 일이다.

흔들리지 않는 것이
서툰 너에게

—

숱한 계절을 지나온 메마른 걸음
꿈을 잃어가는 까만 밤을 지우고
가느다란 불꽃으로 기어이 솟아오른다
그리하여 모든 순간은 기적이 된다

묵직한 고독에도 숨 쉴 수 있기를
심장 깊숙이 타오른 불씨를 꺼뜨리지 않으려
희미해진 빛줄기를 온 마음으로 밝혔다
속삭여 기도했다

갈피 잃은 조각을 그러모아, 나다움을 찾던 시간
무릎 꿇은 상처마저 사랑할 용기 필요했던 날
따스한 언어로 자신을 어루만져 위로했다

흔들리는 영혼을 굳건히 세웠다

인생이라는 정원, 단단히 품은 울타리

나를, 그리고 너를 가슴으로 이해하고

어둠 속 서로 다른 별들이 하나의 빛으로 반짝였다

온 우주를 품은 깊고 넓은 사랑으로

나침반을 잃고 망망대해를 떠돌던 작은 배

내 안에 피어나는 질문들이 새로운 지평을 연다

내일을 향한 희망의 페이지를 넘기며

흔들림 없는 걸음을 내디딘다

내가 그랬듯, 너의 계절에도

새하얀 꽃비 흩날리는 날이 선물처럼 올 거라고

오롯이 너답게 빛나는 날이 오고야 말 거라고

내 모든 정성을 담아 뜨거운 희망의 빛으로

너의 길을 밝힌다

맺는 글 • • •

삶의 모든 계절처럼, 내게도 길고 혹독한 겨울이 있었다. 아이의 발작으로 찾아온 죽음 같은 절망 속에서, 나는 비로소 찬란한 봄의 의미를 깨달았다. 수없이 힘들고 서툰 시간이었지만, 포기하지 않고 견뎌낸 아픔들은 나를 단단히 지탱하는 반석이 되었다. 이제 나 자신을 온전히 사랑하며, 진정한 봄을 맞이한다. 돌이켜보면, 다정한 어른이 된다는 것은 삶의 겨울을 모른 척 지나치는 일이 아니라, 그 혹독한 계절을 온몸으로 통과한 뒤에도 끝내 자기 안의 봄을 믿어내는 일이었다.

나다움이 무엇인지 알아가는 이 계절은 내게 보상이자 선물이다. 타인의 시선이 아닌, 오롯이 나를 아껴주는 시간 속에서. 그 혹독한 겨울이 없었다면 지금의 봄은 이토록 찬란하게 빛나지 못했을 것이다. 보잘것없던 내 인생이 온전히 나에게 인정받는 순간, 메마른 땅에 꽃으로 피어나듯 더없이 아름다워질 수 있다는 것을 믿는다.

글쓰기는 내게 지나온 고통과 다시 마주하는 일이었다. 처음 브런치에 글을 쓸 때, 과거와 마주하는 고통을 견디지 못해 1년의 공백기를 가져야 했다. 시간은 나를 치료했고 그렇게 아픔을 직시할 용기를 주었다. 글쓰기는 내게 가장 절실한 치유의 언어였다. 손끝을 통해 이야기가 글자로 옮겨질 때마다 엉켜 있던 실타래가 풀리는 듯한 해방감을 느꼈다.

그래서 이 책이, 긴 겨울을 지나는 당신에게 건네는 봄의 위로가 되기를 바랐다. 내 이야기를 진솔하게 들려주며, 응원의 마음을 전하고 싶었다. 어렵게 세상에 나온 이 책이 당신 마음에도 작은 울림을 주고, 자신을 품고 나아가는 데 작은 힘이 된다면, 나는 더없이 행복할 것이다.

우리의 모습이 다르듯, 삶 또한 제각각이다. 각자의 삶의 무게는 다르지만, 누구에게든 위로와 희망은 절실하다. 혹, 지금 당신의 계절이 겨울의 한가운데일지라도, 부디 너무 아파하지 않기를. 가장 혹독한 땅에서도 작은 희망의 씨앗은 싹을 틔운다는 것을 기억하길 바란다.

어디든 희망은 있고, 그 시작은 바로 당신의 마음이다. 절

망의 한가운데 있다면 작은 희망의 씨앗을 마음 깊이 심어
보라 말해주고 싶다. 실패와 좌절로 마침표를 찍으며 미래
가 없다고 단정할 수밖에 없는 현실이라 할지라도, 희망을
품기를. 그래야 당신이 살고, 당신의 마음에도 봄이 피어난
다. 고난이 힘들기만 한 것은 아니라는 깨달음처럼 절망이
희망으로 바뀌는 기적은 언제든 찾아올 수 있으니.

커다란 욕심을 부릴 필요 없다. 어제보다 오늘 조금 나은
하루면 그것으로 충분하다. 신뢰하는 사람과 대화하고, 질책
보다 격려의 말에 집중하며, 자신을 존중하는 삶을 살아가
자. 그러니 부디 스스로에게 가장 따뜻한 친구가 되어주기
를 바란다. 그렇게 작은 반짝임이 모여, 결국 찬란하게 빛날
것을 믿어 의심치 않는다.

이 책을 읽은 당신의 마음속 묵은 아픔에도 금이 가기를
바란다. 그 작은 틈 사이로 희망이 싹을 틔워, 당신의 내일이
달라지기를. 어둠이 걷히고 아름다운 것들이 눈앞에 가득하
기를. 그리하여 당신답게 살며 진정한 행복을 깨닫는 즐거
움을 누리길 바란다.

이제 나는 마음의 밭에 봄을 심는다. 나를 가장 먼저 품을

뜨거운 용기로, 매일의 삶을 기적처럼 사랑하며 살아갈 것이다. 이 책은 끝이 아니라, 나의 '첫걸음'이자 새로운 '봄의 시작'임을 고백한다. 나의 글쓰기는 계속될 것이고, 앞으로 펼쳐질 또 다른 계절 속에서 삶의 의미를 찾아 나설 것이다. 그 여정에, 부디 당신도 함께 걸어줄 것을 조심스럽게 초대해 본다.

돌이켜 보면, 내 모든 여정의 시작과 끝에는, 언제나 소중한 사람들이 함께했다.

드디어 작가로 데뷔한다는 출간 소식을 알리자, 친정 엄마는 베스트셀러 작가가 되면 돈을 많이 버는 거 아니냐며 활짝 웃으셨다. 심지어 노벨문학상에 도전해 보라는 어마어마한 덕담까지 잊지 않으셨다. 마음보다 생존이 우선인 삶을 살아야 했던 엄마는, 딸이 이런 마음의 이야기를 썼다는 것을 아실는지 모르겠지만, 변함없이 "너는 뭐든 잘할 수 있을 거야."라며 늘 믿고 응원하신다.

그리고 나의 영원한 친구이자 동반자인 남편. 대단한 수술을 받았음에도 여전히 음주를 즐기는 삶을 계속하는 그.

그의 즐거움이 곧 내 즐거움이길 바라며, 나는 그의 술자리에 술 한잔 마시지 않는 술친구로 동석한다. 이제는 술만 마시면 주체할 수 없이 쏟아내는 그의 수다 삼매경이 귀찮을 정도지만(웃음). 우리는 자주 싸우진 않아도 여전히 티격태격하는 케미를 자랑하며, 서로의 삶의 일부가 되어, 때로는 보호자로, 때로는 친구로, 때로는 철천지원수로 재미나게 살아가는 중이다.

언제나 나의 소중한 버팀목이 되어주는 사랑하는 두 딸, 나를 사랑하고 기도로 응원해 주는 교회 성도들, 그리고 첫 책이 세상에 나오는 기쁨을 함께해 준 모든 독자와 지인들에게 깊은 감사의 인사를 드린다. 지나온 모든 걸음에 함께하시고 나의 힘이요 능력 되시는 하나님 아버지께 또한 이 모든 영광을 돌린다.

새봄,

모진 겨울 끝에서도

끝내 돌아오는 계절처럼

너는

우리 삶에 다시 찾아온

첫 번째 봄이다.

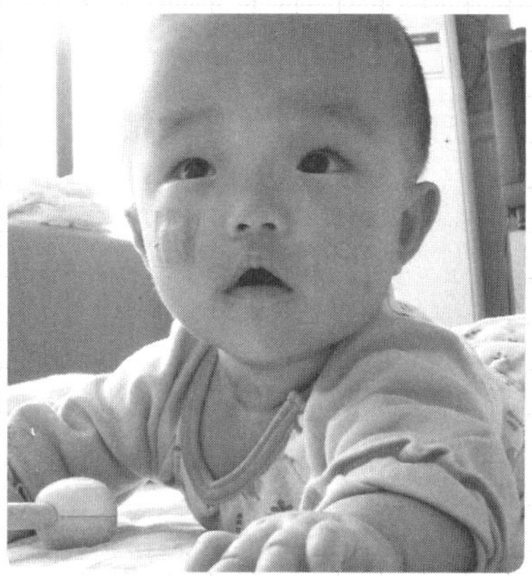

긴 겨울을 지나온
당신에게 건네는 봄의 위로

다정한 어른이 된다는 것

펴낸날 **초판 1쇄 2026년 4월 17일**

지은이 **온벼리**
펴낸이 **김선규**
펴낸곳 **더케이북스**
출판등록 2019년 10월 31일 제2019-000124호
(07788) 서울시 강서구 마곡중앙로 161-8 두산더랜드파크 B동 1007호
전화 010-9085-2936
팩스 0504-185-2936
thekbooks@naver.com

ISBN 979-11-992893-6-9 (03810)

이 도서의 국립중앙도서관 출판시도서목록(CIP)은 서지정보유통지원
시스템 홈페이지(http://seoji.nl.go.kr)와 국가자료공동목록시스템
(http://www.nl.go.kr/kolisnet)에서 이용하실 수 있습니다.

- 책값은 뒤표지에 표시되어 있습니다.
- 잘못된 책은 구입하신 서점에서 교환해 드립니다.

책임편집 서지영